主播之不可思议

七日·刺青

汪洁洋 著

中国出版集团公司
中国民主法制出版社
全国百佳图书出版单位

图书在版编目（CIP）数据

主播之不可思议·七日·刺青 / 汪洁洋著. —北京：
中国民主法制出版社，2020.5
ISBN 978-7-5162-2211-9

Ⅰ.①主… Ⅱ.①汪… Ⅲ.①长篇小说—中国—当代
Ⅳ.①I247.5

中国版本图书馆 CIP 数据核字（2020）第 069887 号

图书出品人 / 刘海涛
出版统筹 / 石　松
责任编辑 / 程王刚

书名 / 主播之不可思议·七日·刺青
作者 / 汪洁洋　著

出版·发行 / 中国民主法制出版社
地址 / 北京市丰台区右安门外玉林里 7 号（100069）
电话 /（010）63292534　63057714（营销中心）　63055259（总编室）
传真 /（010）63055259
http: //www.npcpub.com
E-mail: mzfz@npcpub.com
经销 / 新华书店
开本 / 16 开　710 毫米 ×1000 毫米
印张 / 13.5
字数 / 160 千字
版本 / 2020 年 6 月第 1 版　　2020 年 6 月第 1 次印刷
印刷 / 廊坊市海涛印刷有限公司

书号 / ISBN 978-7-5162-2211-9
定价 / 39.80 元

狮子，住在广袤的草原，便长成强健的四肢，愈发善于奔跑。

水母，藏于诡谲的深海，便退化多余的双眼，愈发适应黑暗。

——汪浩洋

目录

CONTENTS

引

S 市的早晨，从一碗码上酸豆角、榨菜丝和剁辣椒的肉丝米粉开始。

不了解这座城市的人，会以为这只是美食节目的开场语。

没错，这确实是我为某纪录片写的文案，神似“舌尖体”，但不是第一句。续貂的那句，我放在最前面：

“我在这里，已经生活 21 年。”

单纯的我，误以为用第一人称强调 21 年的“漫长”，有助于收回劳动所得。可纪录片已经播完第四季，还没有一分钱汇入我的账户。

理论上，我有权堵在制片人的家门口破口大骂，砸他的新车，追打他和第三任妻子生的那个喜欢朝人吐口水的胖儿子。然后，再拿一根尼龙绳儿吊在树上，要死要活地闹着。

但我的冲动和路怒症一样，从选择当“作家”和“编剧”的那天起，逐渐被修理、磨平和碾碎。

钱，只是欠着，又没说不给。就算他硬赖着不给，又能怎样？钱，真值得拿命换吗?!

这世上为了讨账苦不堪言的不止我一位。所有的脾气，都只能发到文字里——

结果，书卖不出去。

这天大的讽刺呀，无数次把我逼到彻底放弃的边缘。

世人眼里，文字不值钱，别看古人有“一字千金”的典故，现在也不缺畅销书，但绝大多数文字其实轻贱得连一把鸡毛菜都不值！我们不是常说“见字如面”嘛，以文为生的人经常饿得眼睛发花，看着眼前一排排的小字就联想起米粉和面条。

我自己浑浑噩噩便罢，后院却起火了。发觉我的付出和回报不成正比，作为一家之主的伯父几次虎着脸让我妈捎话：“可别瞎忙活，有这功夫，赚钱去吧！”

说服家人的困难远胜于找制片人讨薪，须臾之间，我就理解了当年那位被我当成怪胎的下属：

五十岁的大男人，收入不足以养家，却在半夜离开公司宿舍，整夜游荡在山林、水边，只为找到最贴切的语言——“形容月色”。

他没说“月亮”，我不能篡改，他说的就是“月色”。

多好的一个“色”字啊，月朗星疏或彩云追月，这颗小星球都会呈现出不同的姿态。色，即为美，别往歪想。今天的我，倒是真希望自己也能亲眼捕捉，再精准描述史上最美的“月色”，并永恒记录在我的作品中。

我曾笑他人太疯癫，如今我被你们看不穿。

好在，我不以写作糊口。

伯父的担心颇为多余，我有钱。虽不富贵，但衣食满足，不花别人一分一毫。

写作不足以为生，却足以为乐。

再说S市，我确实已经在此地生活很久，吃这里的菜，喝这里的水，睡这里的人。正应了雪芹夫子的形容：歌舞场，脂正浓，反认他乡是故乡，慢慢变成白眼狼。

浓烈地热爱别人的家乡，甚至大肆吹捧，自己的，反而寡淡下来。

对于故乡，我歉疚太多。

少年时家贫，一心想逃离边境上的小山城。离开后，很少回去，每次回想童年艰难，顺带抱怨家乡。

其实，这家、这乡，并没亏欠我丝毫。

21 年间，读书 7 年，工作 14 年，简单的数学题。遇见的人，有的像冷水，有的像热汤，有的像酸豆角，有的像榨菜丝，有的像剁辣椒。还有一种特别的，像米粉消化之后的产物。

在“喜欢”这个问题上，我立场坚定，“讨厌”却摇摆不定。我总说自己讨厌一类人，但又说不清楚具体讨厌谁。最糟糕的人给我一个笑脸，恩怨也会轻易地一笔勾销。当然，我把别人加减乘除，别人眼中的我，怕也是各种材质、形态都有。

我在 S 市爱过，恨过，抑郁过，躁动过。伤人，受伤。我用力地活着，又肤浅地混着。走了，回来，再走，又死乞白赖地回来。我在这里买房子，一间不够，攒钱买另一间。

我对 S 市掏心挖肺，但本地人永远不会视我为乡亲，便只好寻找下一处落脚所在。在内陆这块坑坑洼洼的丘陵表面，功力尚不能“形容月色”的我轻飘飘地伏着，等待早晚要来的剧烈风暴，把我彻底剥离……

8 年前，我来到一家“特别的”单位工作——

在我眼中，S 市很奇妙：这里的人能吃辣椒，却人手一副好嗓子，多高的音儿都能飙上去。这里的人脾气暴躁，语言体系却自带笑点，全民“策神”。S 市的奇妙，在这家单位达到顶点。外界也主要依靠它的传播，把 F 省推上神坛。

这里是年轻人“朝拜”的圣地，奶茶店和口味虾店火爆网络，连班车都有人追着合影。

这样的场景更是成为风景：通往综艺节目演播厅的小路两旁，一些长相神似、名字也普通的男孩儿照片，白天被鲜花簇拥，夜晚又被蜡烛围住。拖着皮箱的女孩儿们，三五成群，嚼着盒饭，守灵一般虔诚地陪伴在左右。

照片像韭菜，一茬又一茬，后人踩踏在前人的脸上、胸口，再把他狠狠地踢进垃圾堆。

每次经过，我都会刻意侧身躲避，不甘心成为这场诡异仪式的被动参与者。也总有黄牛堵在路上，晃着手里花花绿绿的纸片，不断递来暗号："有票吗？""有票吗？"

我残忍地摇摇头，偶尔没好气地回答"没票！"

是真的！

黄牛用做"诱饵"的综艺节目入场券，就像乞丐故意放在瓷盆子里的金条，在这座著名的，一脚高一脚低的建筑物面前，张牙舞爪地讥笑着我的无能。

这家单位偶尔赋予我的那些没什么实际价值的优越感，在我"没票"这个现实下，显得不值一提。

门票方面我是穷鬼，签名方面我也不富裕。

我们这里盛产一种顶级明星，有的 8 年我也没见过一次，怎么替你们去要签名?!

我在这里的"无能"，还有很多，再要我一一列举，实属落井下石。

好在，我能接触另外一些明星，他们名气不小，却不顶级。只闻其声，难见其人。不是流量担当，没有众星捧月。

他们和我同吃、同喝、同劳动，走出直播间，随随便便就能大隐于市。

这就是电台主播。

多少人催着我写主播的故事，顺便爆料这家神奇的单位不为人知的"黑幕"。

什么黑幕啊，其实就是八卦！我了解你们，可你们真的想多了，敏锐如我，能挖掘出的故事也比不上妙笔生花的娱乐记者，再加上我的“无能”……

当然我承认，这里有男女关系乱来的，也有不是“男女”关系乱来的；有贪污往自己口袋里捞钱的，也有捞钱之后送人的；有勾心斗角踩着别人往上爬的，也有没爬上去摔下来的。

但我并不认为“这里”该因此感到羞耻，试问这些问题你们“那里”就没有吗?!

这里的人，不见得就比你认识的人更妖魔鬼怪。我的情感立场也恰如我对它所在的城市——没必要再刻意美化，也绝不能凭空恶意抹黑。

本来，我曾在一顿友人相聚的宵夜现场，指着当年第一餐口味虾尾起誓，绝不写与自己的现实工作和生活有关的杀人故事。

音犹在耳，但紧随其后的两个月，也就是那年夏天，却发生一起离奇而又极其不可思议的凶杀案！逼迫我这位“见多识广”的推理作家，不顾腰椎间盘突出，鏖战数日，完成一部叫《七日》的中篇小说！

这件案子，虽然只有一位死者，但受害者众多！不少人因此改变命运，精神和身体受到摧残，也包括我——彻底离开S市。

再回想那个誓言，轻贱得就像当晚的饱嗝。

现在想吃到一碗正宗的米粉可不容易。为了惩罚自己，我在今天的故事中，也将携笨拙演技，以身犯险，并作为关键证人首次友情出演！

不过现在，小写的我又要退居幕后，把舞台的闪亮，先留给大写的主播们吧！

Day 0　前一天

周一，多云

1

奇怪的味道，从睁开眼睛呼吸到第一口空气开始。

麟可翻身起床，用鼻子到处寻摸这种草席子和韭菜一起沤烂的气味，不知不觉也把自己收拾妥当。

父母的房门虚掩着，老爸的鼾声响亮。家里的新成员——刚满8个月的猫咪“小九九”从猫砂盆中跳出来，舔舔屁股，斜着眼睛打量一下主人，大摇大摆地从他的脚下绕开。

一定有什么不对劲，麟可说不清，但他信任自己的直觉！

经过父母家楼下烟气缭绕的无名粉店，瞧着油亮的木质小桌旁或坐或站的街坊正聚精会神集体嗦粉的模样，麟可忍不住咽了下口水。

某国某地，简称S市，是F省的首府。在这里，米粉可不能说“吃”，那是外行话，要被笑话的！一个“嗦”，伸长脖子，下巴搁在碗边，嘴巴半张半合，挑一筷子，吸一口，连汤带水的画面感就呼之欲出。

麟可绝对不是没钱买米粉，平日里的他也不至于对一碗路边摊早餐这么饥渴。但今天情况特殊，他确实馋“这口儿”好几天啦——

9天的海外旅行，“老干妈”在机场被没收。今天凌晨2点航班才抵达S市，到家里往床上一趴，再睁眼已经8点半，嗦粉实在来不及。

周一早上的例会是死也不能迟到的，如果迟到，比死还难受！麟可啃着一坨从转机机场买的又在行李箱里压扁的面包，假想着那个情景——

一溜儿人坐得整整齐齐，你姗姗来迟，只能夹着包，佝偻着背，脸上讪笑，硬着头皮往里冲。

掌握杀伐决断大权的频道总监，端坐在高档大气的会议室正中，拉着一张黑桃Q似的脸，不知正琢磨什么国际大事，眼皮也不抬。她貌似没看到你，也不会当场给你难堪，可谁能担保，没在心里狠狠记你一笔！

秋后算账的阴险，既让人毫无防备，又让人毛骨悚然。

其余三十多号人物，拿各种眼神瞟你，估计80%属于幸灾乐祸。

你自己找个座位缩进去，默默地在群里连发5个200元红包。众人一抢而空，却没一个谢你的，心里还默默笑你，“傻叉”。

你说，你还能迟到吗？！

想到这儿，麟可扔下“面包饼儿”，恨不得把脚踩进油箱里。上月新买的“鱼叉子”在二环路上左突右插，一路狂飙，终于扎进负一楼地下停车场的车位，从副驾驶座位上扯起双肩包，抡到自己的背上，三步并作两步冲进一楼大厅，火速刷脸完毕，跑进F省广播电台的办公区。

“麟可老师，您回来啦？”

电梯里，梳空气刘海儿涂猩红色口红的实习生小影儿主动打招呼。

麟可勉强一笑算是回答，只盼着电梯能再快点儿。五楼一到，闪身进入会议室，已经黑压压坐满人。总监刚好把大小适宜的臀部安放在真皮旋转椅的正中，端起Tiffany纸杯造型骨瓷杯，抿一口滚烫的红茶。

墙面上的水曲柳实木挂钟“叮咚”一声报时——9点整，非常完美！

没和任何人打招呼，径直在固定的座位坐下，打开双肩包掏出笔记本。突然，奇怪的味道又飘进鼻子，麟可偷偷在自己身上到处闻闻，却没发现什么异常。

经过几层净化的空气，从天花板撒下来。新风机嗡嗡低鸣，却换不走整间会议室的香味——

这些半只脚踏进娱乐圈的媒体人，怕是世上最喜欢香水的人种。在这个行当里，奇装异服可以不穿，莫西干头可以不梳，脸上稀薄的乳液或者厚重的粉底可以不涂，香水却必须喷足，这样才能自信满满地出门。

按照顺序，新闻部主任、首席编辑和骨干新闻主播轮流发言，无非是上周新闻采编亮点、本周选题和总台下发的通知要求。

新闻是独立板块，麟可属于节目部，听听就行，不用往本子上记。趁这机会摸出手机，把朋友圈里的信息滑一遍。不过，他可不会在周一上午傻乎乎地发朋友圈或点赞，那是“四分之一千”才干的事儿。

说到“四分之一千”，亚克力，戴着无框防蓝光眼镜的男主播正坐在麟可斜对面，假模假样地记着笔记，也可能正自己和自己下着五子棋。不过，从总监的角度看过去，那专注的侧颜，肯定俊俏又美好。

这小子，真阴！

新闻部的人唠唠叨叨，一晃已过万重山。抬头看挂钟，上午10点半，麟可擦擦眼泪和眼屎，默默咽下一个哈欠。

总监点评几句，终于轮到节目部，一众男女主播赶紧把手机暂时放下，背也迅速挺直。

先发言的是频道常务副总监兼节目部主任，播音名为“岷江”的45岁男人。

这播音名就蛮有 20 世纪的年代感，作为资深的新闻主播，他最大的“功勋”就是曾经担任频道“台声”，在 23 年前发出频道的第一声呼号。并且在那场震惊世人的洪水灾害应急报道中，不顾个人安危勇救被困群众，受到国家领袖的亲切接见。

这样的功劳簿，足够一位新闻男主播躺着享用一辈子。

即便如此，岷江管节目部门还是有违和感，他太正气凛然，新闻味儿太浓。好在此人不讨嫌，没有攻击性，对下属也客气，能采纳意见，是全台有名的老好人。他跟女总监搭档多年，一个采编，一个播出，一位强势，一位温吞，貌似最听的还是她的话。

作为频道领导，岷江后面还要讲一轮，所以三言两语就轮到“首席主播”麟可。麟可上周休年假，介绍一下本周节目选题，就轮到“骨干主播”亚克力。

“我想，先提一个建议，小的。”

亚克力放下画满五子棋的本子，露出早就准备好的笑容，好像此刻面对的是直播间的话筒和倾听直播的万千听众。教科书式的播音腔，雄浑又优美的声音，随即灌满这间会议室的每个细胞。

麟可不由激灵灵打了个寒战！

各路神仙保佑，虽然自己也是用这种腔调主持节目，但在直播间以外的任何地方听到有人用如此字正腔圆，带着前后鼻音，头腔共鸣，不乏拿腔作调的方式说话，还是忍不住起鸡皮疙瘩。

“你说。”

46 岁的女总监抬起头，眼睛却先瞅瞅这孩子的顶头上司，外号“妇女之友”和“护垫侠”的岷江。岷江波澜不惊，位居电台老牌帅哥榜首的那张脸，棱角柔和，好看到任何人都不由自主地把视线定格在他脸上。

亚克力面对总监和主任，满怀柔情蜜意。麟可真怕他现在来一段配乐诗朗诵，好在此人尚有一丝良知，最终决定放过大家咽在肚子里的早餐。

“我的这个建议是关于创意的。”亚克力看来要准备演讲，“创意，蕴含着巨大能量，是鼓励我们冒险、探索新征程的原动力……”

天呀，这又不是主持大型晚会，频道周例会上讲起这么“巨大的”道理。麟可下意识地捂住嘴巴，好像这样不合时宜、令人难为情的话是他说出来的一样。

正拿起杯子喝水的活动部主任冷不丁听到这席表述，猛地咳嗽一声，把水喷到新闻部的当家女花旦身上。

女花旦回头呵斥，男主任赶快赔笑作揖安抚，这小小的骚动打断了想长篇大论的骨干主播。见大家的反应都怪怪的，亚克力也发觉不妥，立刻恢复正常人的语气，继续发言：

众所周知，S 市是创意之都。

咱们 S 市同学在两门学科上天赋异禀，胆敢冒班长首都 B 市之大不韪，担任“娱乐”和“美食”课代表，这天赋就体现在娱乐和美食领域源源不断的创意。

作为“娱乐之都”和“美食之都”，甚至是“世界媒体艺术之都”，前来 S 市“朝圣”的人源源不断。这些人必游的景点中，又以咱们“羊栏山”最为著名。

羊栏山原先确实是养羊的地界，本来鸟不拉屎，但谁叫这里盛产一种以热带水果命名的电视节目，金黄色的，别往那方面想，甜品里用得最多。当然，咱们羊栏山的广播电台也在全国同行中遥遥领先……

爱心伴考、助学一帮一，都是“羊栏山”电台率先发起！

上周我代班主持晚高峰的《辣椒家族开心派》，这档收听率、广告收入均位居全省第一的节目，单频收听指标也是全国第一名，是 F

省当之无愧的黄金节目。不过恕我直言，还是有点问题……

说到这里，亚克力故意停顿，好像怕得罪谁的为难模样。麟可听到自己的节目被点名，立刻进入高度战备状态。

“你直说吧，都是同事，没关系。”女总监的声音听不出一点感情。

“好吧！”亚克力看上去纠结至极——

《辣椒家族开心派》占据晚高峰黄金时段，开播多年，一男两女搭档，配合相当默契，广告客户也买账，优点我不赘述。但缺点就是，老化和僵化！

我的建议是，在传统媒体不断受到新媒体冲击的今天，要重新定义广播、听众和主持人之间的关系。得年轻者得天下，应该更多考虑年轻受众的需求。这里应该是前线，是年轻人的战场。

再说，现在外来游客越来越多，我们有义务也有责任，把本土节目打造成一张闪亮的城市名片，绝对不能再浪费时间自说自话，自嗨，尬聊。

要把我们的电波频率打造成有奇遇，有浪漫，有梦想，有精彩，也有爱与主旋律的舞台。

我们应该开通视频直播，增加听众和主持人的实时互动，鼓励听众主动分享，多推荐本地好吃好玩的餐厅，打造定制化收听体验……

老化！僵化？

麟可的脸涨得通红，这可是到这个频道 9 年以来，听到过对自己主持的节目最直接、最恶毒的攻击！

作为与时尚最为贴近的媒体人，老化就意味着，你该被淘汰，你该滚蛋，把位置让出来给后来者！

僵化，就代表你整个人的创新和创意死绝了，你的脑袋跟块砖头没区别，你的肉体跟块腊肉没区别，你不收拾走人，天理难容！

还有，自嗨！尬聊？

想想这画面吧，自己领着两个女的，三个人“傻叉”一样说着冷笑话，自己乐得前仰后合，听众听得脊梁骨直冒冷汗。

我勒个去，这小子也太能损人了吧！

后面的话麟可已经完全听不进去，脸还能尽量控制，但双手颤抖着，就要愤然站起来，从正面给亚克力俩大嘴巴！

正在冲动的边缘，一只白皙的手按住麟可的膝盖。他一看，是坐在身旁的搭档，两位女主播之一的“红辣椒”。

红辣椒抿着涂着火龙果色哑光口红的小嘴，暗暗摇头。麟可只能偃旗息鼓。

亚克力终于讲完。不得不说，他的声音与整间会议室形成良好的共鸣，喉咙收音两秒，听者的耳膜还有余音绕梁的感受。

总监未露笑容，但微微点头，表示认可。岷江也朝亚克力示意，很明显，老板们对这小子的表现十分满意。

冗长的会议，后半程已经与麟可无关。男主播低着头，通过聊天软件与总编室的“好基友”——正在三楼开会的西玄拼命地抱怨和吐槽。

西玄是麟可乐队的成员，负责键盘。麟可担任主唱多年，乐队成员一茬又一茬，只有发小“键盘”不离不弃。

2

不对劲，但又说不清，麟可十分困惑——自己只休息一周年假，上上个周五还好好的，怎么周一的上午开始就怪怪的！

实习生小影儿是不应该和自己打招呼的，这不合情理。正常的操作应该是给自己一个白眼，或者视同空气。

亚克力是不应该公然向自己进攻的，虽然此人狼子野心，但一直有所顾忌。

老板们更不应该支持亚克力批评晚高峰节目，虽然没有说话，但表情已经不言而喻。他们不知道我已经回来上班，正坐在这间会议室里吗?!

还有那股怪味儿，当然，现在也顾不上了。

麟可百思不得其解，只把眉头拧得紧紧的。

“我来讲讲。”

女总监终于清清嗓子，舆论监督记者出身的她没有一丁点的播音腔，甚至还带着浓厚的本地方言，F 和 H，L 和 N 分不清，但没人敢因此质疑她作为广播电台某频道总监的权威。

说来也怪，麟可倒觉得她的话最令人舒服，吃多了西装革履累死人的“教科书式的”鲍参翅肚，终于端上一碗接地气的米粉，光着膀子嗦起来十分畅快。再说这个形容词，“教科书式的”，个别人极其愿意用此来标榜自己的某项技能，但对麟可来说，每听一次就只能增加一次教科书式的反胃而已。

女总监讲话，也就意味着周一上午的例会接近尾声。一众记者、编辑和主播都坐定，手机暂时揣起来，把笔记本打开，拿着笔假装记录。

“近期，我在看美国作家冯内古特的作品，他说过一段话：你不是为了出名或致富去做艺术，你是为了让你的灵魂生长。包括一边淋雨一边唱歌，一个人随电台音乐起舞，为室友画一幅肖像，或者写一首诗，或是随便什么。请从事一种艺术，拥有蜕变的体验。”

会议室正中央的女士十指交叠，望着眼前的一众年轻面孔，“我们在座的所有人都是幸运的，因为我们的灵魂每天都在成长，但我们也是不幸的，因为我们是为了出名或致富而从事媒体艺术工作。”

这段开场白保持了女总监一贯的发言水准，但下属们点头也不是，摇头也不是，岷江却微微一笑，好似心有灵犀。

一身纯黑色三醋酸修身长裙，搭配“马拉车”品牌丝巾的女士，可不管下属能不能听懂和理解。这里不是学校，不能跟上队伍的人用来淘汰换血刚刚好。

她也不打算展开这个话题，而是用小手指尖儿把长短刚好齐肩的头发拨弄到耳后，环顾诸位——

讲本周的具体工作安排之前，我先说三件事儿：

第一，宣布一下，麟可作为总台上报的省级“先进个人”表彰已经下来，奖金和证书在台办，晚点请综合管理部拿回来。同时，作为全国“禁毒宣传模范”称号也批下来了，表彰仪式另行通知。

第二，世界杯马上就要开始，往年这类大型国际赛事，包括奥运会都是麟可去报道。麟可刚休完年假，正好是去欧洲，这次就换换人吧，台里呢，决定让亚克力去。

第三，总台的监听监评，重点表扬《辣椒家族开心派》，这可是难得一见。你们上周的几个策划选题和小活动互动都不错，特别是下班路上的“爱心顺风车”和“爱的代驾”，围绕公益主题、听众需求，又结合新媒体和短视频的传播方式，很好！

……

会议结束，气氛顿时松垮下来，众人拾起本子，夹在腋下，屁股从几千块一把的椅子上拔起来，拎着各种名牌包和水杯，身上的香水味彼此混杂。

麟可死瞪着左右逢源的亚克力，只见他和这个聊聊，和那位笑笑，一副主动拉拢人心的谄媚做派，越看越来气！

趁他走到门口，麟可故意同时挤过来，两人卡在门口。亚力克向后退一步，让对方先从会议室出来。

有人赶上来，是另一位搭档“青辣椒”，麟可“嗯”一声，算是打招呼。

“你干吗，和他斗什么气？这么多人看着，最后丢人现眼的还不是你自己！”

“我丢什么人，你和他搭档才一周啊，就看我不上眼。总台也表扬你们节目做得好，我给你们让地方！”

麟可把手里的本子和杯子丢进青辣椒的怀里，大步流星往前走。

“你这个人，脑子不开窍。”老搭档紧随其后，直言直语，“你比他的咖位可大多啦，你和他斗分明就是抬举他，把他放在对手的位置，正是他梦寐以求的！”

“就是。”红辣椒也走上来，三人并排，就像平时主持节目一样，把麟可夹在中间，“亚克力才来几个月，虽然是台里从竞争媒体挖来的，当然，人家在老东家也是一哥，但你毕竟在这里深耕多年，树大根深。你现在名利双收，各种广告代言拿到手软，犯不上和他计较。”

“他明显处处针对我，针对《辣椒家族开心派》，会上就敢直接开火，背地里不知道还做什么下三滥手脚！世界杯和奥运会每次都是我报道，现在换成他。”

“你自己也说，好事都是你去，这么大的台，十个频道，上百位主持人，难道就没有嫉妒你的？我和红辣椒是你哥们儿无所谓，其他人牙痒痒的多了，这次亚克力去，估计恨你的还能少点。”青辣椒和节目中一样，语速很快。

“这些身外物我真的不稀罕！”麟可有些委屈，“我只是觉得咱们从来不主动攻击别人，对谁都客客气气，但也不能被人欺负啊。再说我一个大男人，我不保护你们，谁还保护你们！”

三人回到座位，红辣椒见麟可还是不服气，便端来一杯咖啡，放在他的电脑前面。

“这是职场，有些时候，要弯腰示弱。”

号称“电台第一美女”的红辣椒化着精致的妆容，偏白的肤色被珊瑚橙色的一字肩长裙映衬得特别耀眼，手肘半撑在搭档的桌上，“我听说哦，上周整个电台都传遍了，基本可以确认，亚克力有个很硬的后台。”

“是哪个孙子？”麟可喝一口咖啡，他今天精神不济，确实需要咖啡提神。

“可不姓孙。”红辣椒笑出来，去年做的明星专属全口烤瓷牙熠熠生辉，“是总台副台长，崔台，亚克力是他的亲侄子。”

“崔台?!”麟可差点把咖啡吐到搭档的裙子上，“真的假的？”

红辣椒玩着自己的手机链儿，“这不是明摆着嘛，亚克力的原名姓崔，崔迪，‘亚克力’和你的‘麟可’一样都是播音名，崔台，崔亚克力，你说是不是亲叔侄？”

麟可一下子蔫掉了。

崔台，那可是整个广电系统真正的实权人物，一把手就要退休，听说他接班的可能性极高。崔台还是广播电台的分管领导，电台台长都要听他号令，更别说频道女总监和岷江等人。

麟可确实惹不起崔台，不仅惹不起，还希望给他留下好印象，有机会到上星卫视做主持人——请等下，先别喷，这绝对不叫野心，这叫理想。

广播电台虽然也风光无限，自己拥有明星光环，但和电视还是不能比。放眼整个广电体系，广播历史悠久，而影响力渐弱；电视虽是小弟，但早就后来者居上。虽然叫“广播电视台”，广播排在前面，但在电视人眼里，广播连个尾巴尖儿都算不上！

举个例子，如果F省广播电视台今年的创收是104亿，广播就是这个4亿，在25倍体量的电视眼里，算坨毛线！

更何况，羊栏山的水果台号称宇宙最强、造星工厂，就凭麟可这出众的外形，到电视节目主持一档脱口秀，那个无限光明的未来呀，请大家自行脑补。

晴天霹雳。

麟可大脑轰鸣，眼前的世界瞬间黯淡，就像在房间里戴上一副摘不下来的墨镜。亚克力竟然是崔台的侄子，还是亲的！

这个世界找谁说理去！麟可不会抱怨自己的父母和家族亲友，但此刻内心的滋味，绝对不是吃了一颗柠檬那么简单。

"那他干吗不直接去电视，而是跑到电台来？"麟可收拾起内心激荡，不能在女同事面前表现得太过分，晚点到洗手间蹲坑再慢慢琢磨，"一步到位，得了！"

"你说得轻巧。"

红辣椒坐回自己的椅子，双脚划船，把椅子滑到麟可旁边，"总台连续出大事，你又不是不知道，崔台在风口浪尖，也不能做得那么明显。再说电视那边的主持人，哪个没有深厚的靠山背景，越是自己的亲侄子，崔台越要避嫌！电视隔三岔五就从广播这边引进优秀的主持人，如果亚克力在电台站稳脚跟，甚至当上一哥，再到电视就顺理成章。"

是这个道理啊，麟可明白，搭档的分析入情入理。

其实麟可一直很纳闷，他现在稳居电台"C 位"，理论上通往电视的路径已经清晰可见。但奇怪的是，好几次试镜通过，双方相谈甚欢就差签合同，电视那边却临时变卦，也不给一个理由。

这几次大型活动崔台对麟可称赞有加，本以为他能助力，现在人家侄子驾临，自己的饭碗都可能被端掉，还敢有什么奢望呢？

"所以，你现在就明白，为什么老板们嘴上不说，其实暗地里都帮着亚克力，他们私下的关系亲密着呢！"

“那我该怎么办？”麟可彻底瘫软在椅子里。

红辣椒把脚靠在搭档的脚踝处，笑眯眯的，“别傻兮兮地和他来真刀真枪，避其锋芒，该干吗干吗。”

两人说话间，刚签完报告的青辣椒回到位置上，见红辣椒和麟可这么热乎，伸手就把红辣椒的腿拨弄到地上。

红辣椒也不恼，大长腿一弹，顺势熨帖地收回裙底，再一伸，又放在青辣椒脚背上。毕竟三人已经合作 7 年，朝夕相处，打打闹闹不少，但真动肝火的情景，都是上世纪的事儿啦。

“差点忘记，给你们带了礼物。”

麟可从名牌双肩包里掏出两个包装精美的小盒子，一模一样，郑重地递给两位美女。青辣椒和红辣椒瞧一眼品牌，笑笑，各自丢在自己的电脑旁。

“你丫，就没一点诚意，也不用心挑挑礼物！”青辣椒噘嘴，“香水嘛，我们可以开专卖店啦！”

男主播赶紧示弱卖萌：“大姐们，请摸摸良心，你们平时还缺啥少啥。贵的我送不起，自然有粉丝儿抢着给你们送。便宜的，入不得你们的法眼。聊表心意，就别挤对我啦！”

见麟可忙不迭作揖，两位“大姐”才饶他不死。

“中午，一起午饭，就咱们仨儿，给你接风？”红辣椒提议。

“算啦。”麟可作出头疼状，“我中午补一觉儿，时差还没倒过来。”

“哦，对啦！”

青辣椒拍拍脑袋，“光顾着瞎扯淡，老板喊你速去她办公室。”

“什么事儿？”

麟可赶紧把包扔在一边，收起脸上的表情包。搭档青辣椒一屁股坐回自己的椅子，摇摇头，“我真不知道，老板没告诉我，只让你赶快去找她。”

"那你还不快去受死！"

红辣椒把笔记本重新丢进男搭档的怀里，手心里给他塞一只签字笔。麟可得令，不敢耽搁，一路小跑，来到位于同一层楼电梯另一侧的总监办公室门口。

3

"回来啦，玩得不错呀，你晒黑啦。"

女总监见麟可杵在门外，从浅棕色的女式精致皮椅上起身，来到黑色的沙发区坐下，脸上是难得的笑容。这女人动起来和笑起来特别耐看，既是因为天生的容貌秀丽，也是因为平时笑得太少。

虽然人到中年，但这位女领导保养得当，目测只有三十出头。台里不少人传说这都要感谢岷江这位"妇女之友"的常年滋养，但"护垫侠"滋养的具体过程，谁也没看到，却都胡诌得起劲。

不过，岷江倒确实是女总监最强劲的对手。两人年纪相仿，但岷江的口碑和资历公认在女方之上，毕竟国家领袖亲自接待的"功勋"明晃晃地摆着。当年据说要提拔为总监的人也是岷江，此人鬼使神差，找到上级领导，主动推荐女同事。这其中的缘故众人不得而知，但各种外号就这样得来。

之前此女一直留着叫"主播头"的短发，头顶的造型特别有趣，吹得又高又蓬松，气场十足。从今年开始画风一转，短发留长，稍微过肩膀，气质便知性宛转起来。

麟可赶忙赔笑："谢谢老板关心，主要是陪爸妈走走。老人年纪越来越大，怕以后走不动。"

"孝顺孩子。"

"老板，您过奖！"

身高 186 厘米的麟可笑起来像 8 岁的小男孩儿，在总监身旁的沙发坐下。但他只把半个屁股放在沙发上，另半边儿还是欠着，这样显得懂事一点。

“是这样，有件事刚才在会上没说，还是单独通知你好一点。”

麟可知道正事来啦，赶忙摆出课堂上认真听讲的表情。

“今年营销口态势不好，广告客户都不太活跃，要么就说银行贷款没下来，要么就去找新媒体，再这样下去，汽车时代带来的电台好日子快结束啦！”

这些麟可都知道。

女总监起身把自己的杯子拿到沙发前面的茶几上，双手捧着放在胸前：“台里考虑，非黄金时段的节目也要拉动一下，打算把你们几位知名主持人分一分，老带新，或者加加码……”

“没问题，老板！”

麟可把心放回肚里，满口答应，这事儿不是第一天叨叨，大会小会开了无数个，他早已有心理准备——按照他的想法，把晚高峰《辣椒家族开心派》前面的线性音乐节目也接下来，每天直播 3 个小时，对台里也算仁至义尽。

“你能这样表态，我就放心啦！”

女总监柔声细语，亲切至极，“那我就正式通知你，午夜的节目叫做《零点敲敲门》，每天晚上 23:00 到凌晨 1:00，就确定由你主持啦！”

“什么?!”

麟可不信任自己的耳朵，仿佛它是亚克力派来的间谍。跨零点的午夜节目，每天扎扎实实的两小时，就这样安排给自己啦?!

《辣椒家族开心派》是周一到周五傍晚 17：00–19：00 播出，这样的脱口秀节目，每天都要搜罗不同的资讯和段子，抖各种包袱，不精心编排，听众肯定不买账！

可惜，青辣椒和红辣椒两位美女是甩手掌柜，撒娇卖萌数第一，花枕头一对，中看不中用，编稿子的工作长期赖给麟可，一般从上午就要准备。

如果再接午夜节目，整个下午铁定要“卖”给台里，上午又经常开会，周末要代班主持，台里的大型活动不断，还要另外花精力应对。

如此大的工作量，先不说长期熬夜身体能不能吃得消，自己也根本没精力顾及“外面的世界”——毕竟台里收入有限，对主持人而言，做点广告拿点提成，商业活动主持一下，宣传片配音录音，教育培训才是油乎乎的肥肉。

并不是说麟可贪财、爱财，其实恰好相反，和其他主持人相比，他骨子里懒得搞这些事情，但这些“肥活儿”也不是他能决定的，不是领导介绍就是朋友相托。

“有问题吗？”

女总监脸色略微变化，直视麟可。

男主播权衡一秒，只能摇头：“其实，我是想建议让亚克力试试。”

“谁，亚克力？”女总监的表情多可玩味。

麟可摆出无比真诚的神态，主动站起来给总监的杯子加水：“他本来就是熟手，来咱们频道几个月一直没有固定节目，上周又帮我代班，效果特别好。趁着这次节目改版，不如就把《零点敲敲门》先给他……”

听这话，女总监的脸上重新露出笑容：“这个你不用担心，他另有安排。”

“主持什么节目，周末的吗？”麟可试探。

“早高峰的节目，让他主持了。”

“什么?!”

面对总监的轻描淡写，麟可错愕不已。要知道，作为电台主播，早晚高峰的节目那可是绝对的“硬通货”，也是大家明争暗斗的重点。

换句话，只有“一哥一姐”“二哥二姐”才能占据黄金时段。

看来亚克力果然是崔台的侄子，瞧瞧人家的后台！麟可甚至开始怀疑，这次节目改版，酝酿已久，也许就是为此人铺路……

“那，我从什么时候开始？”

无法掩饰的垂头丧气，麟可知道，自己在外人眼中已经算是明星，但在广播电视台这个造星工厂内部，又确实有诸多无助与无奈。

“就明天吧。早就嚷嚷改版，不能光说不练。上周你不在家，考虑有时差问题我们也没打扰你。频道班子已经定了，也上报台里，就没和你商量。”

麟可知道，说到这份儿上，已经没有任何选择和回旋的余地。作为专业主持人，明天上一档新节目，倒也没什么大不了，反正都是在话筒前面说话呗。麟可不磕巴，也不晕话筒，实在不济就唠家常、放音乐，两个小时总能给它 KILL 掉。

“《零点敲敲门》主讲什么？”

“就按照之前节目改版头脑风暴会议时，我们商量的推理小说吧。”

麟可又感觉肝火上升：“老板，不是，当时不是定好讲鬼故事吗？！惊悚的那种，收听率肯定非常高！未来还能和影视合作……”

女总监往沙发上一靠，把头摇得像风扇：“总编室上周没通过，主流媒体还是要审慎对待，鬼故事不合适，有封建迷信的嫌疑。推理小说讲警察破案，也算弘扬正能量嘛。”

抬出总编室，麟可知道已经没有继续讨论的意义——

总编室可是频道节目口的廉政公署，千不怕万不怕，就怕总编室的那些老专家盯上自己的节目！

麟可暗自哀叹，自己的这份工作，外人看着光鲜，背地里不知几多艰难。面对直播的高压，精神高度紧张，嘴巴摆在话筒前要不停说话，又一字一句不能说错，真像在刀尖上行走。

作为著名主持人，树大招风被人额外盯得紧不说，脱口秀节目又要主持人稍微“放开”一点。但放多大，放多开呢？解开脖子下面第几颗纽扣？这个度实在难以把控。

有时候为了节目效果，确实卖力“嗨”过头，难免有一两句话不得体，事后就要被“廉政公署”点名批评甚至写检查！好在有老同学西玄做内应，帮忙挡掉不少“煞气”。

“稿子，是我自己弄，还是？”麟可万念俱灰。

“你放心，给你减减压，稿子不用你管，子鱼给你。”

说到子鱼，麟可总算有一丝舒心。这位大姐原来也是频道的，大家共事过，现在台属产业公司当副总经理。她是有名的推理小说作家，出版很多作品，有这样的专业人士组稿，自己确实不用操心。

该问的，也差不多了。

麟可不想在老板这里久留再生出枝节，这才想起出国还带了份礼物。他把精心包装的名牌太阳镜毕恭毕敬放在女总监的桌上，这才准备退出来。

女总监看也不看，打开抽屉，把太阳镜扒拉到抽屉里，重新坐到办公桌前：

“别忙，我还有几句话，想提醒你。”

男主播赶忙回身，直挺挺地站好。

“老子曰：祸兮，福之所倚；福兮，祸之所伏。孰知其极？其无正也。正复为奇，善复为妖。人之迷也，其日固久矣。是以圣人方而不割，廉而不刿，直而不肆，光而不耀。”

麟可知道这是《道德经》，但也只听过头一句，后面的就如同听外语，不过他还是频频点头。女总监一眼就看穿男主播不懂装懂，叹一口气又说：

“你要记得，你的一切，都是这个平台赋予的，离开这个平台，你，什么都不是。”

这话，真是难听！

男主播心里不服，什么都不是，我起码还是个人吧?!

但想起总监虽然平时不苟言笑，但对自己的栽培确实可圈可点。当年如果不是她力排众议，让这个“犯了错误”的菜鸟主播扛起晚高峰大旗，就算小麟同学再冰雪聪明，勤学苦练，也没有今时今日之风光。

更别说自己刚买下的别墅和“鱼叉子”，“军功章”上有你有我，今天的幸福生活确实是拜老板所赐！

正想再说点什么感谢的话，只见岷江拿着几张纸走进来。麟可赶紧对着顶头上司打个招呼，抿紧嘴巴，迅速溜出总监办公室。

这或许是麟可参加工作以来最难熬的周一上午。

十几个小时的飞机，在迪拜机场转机，又干等 6 个小时。时差还没倒过来，今早空着肚子没来得及嗦粉，啃几口压扁的面包，被亚克力气一场，青红辣椒怼一顿，又喝一杯咖啡，总监吓一跳，麟可感觉自己就快要站不稳。

骨头被掏空，可能就是这种感觉，肩膀也开始剧烈疼痛。网上说这是心绞痛猝死的前兆，有一次自己还在节目中调侃现在的年轻人没有健康意识，各种老年疾病提前上身，没想到这两年，自己也未老先衰。

麟可深爱电波，从小就羡慕那些能在“小匣子”里讲话的人，不然本科毕业时也不会舍弃保研机会，毅然决然地来到广播电台。

爱一份工作，就更要全情投入！这么多年，男主播就是靠着这个朴素的信念支撑，精神从未厌倦，但身体还是会疲劳。

“也许，这只是短期的困难，一切很快就会好起来！”

麟可在洗手间的蹲坑安慰自己，猛然想起，还没有去看小瑾。

对，最重要的事情怎么能耽搁！

男主播扯着纸，快速拾掇身后。又在洗手池洗洗脸，检查口气，对着镜子把衣服整理明白，回到车上拿东西，这才迅速跑到二楼办公区。

二楼，是各家广告代理公司驻台的办事处。和麟可这些台聘员工不同，这里工作的，并不是电台员工。

小瑾，是电台最大的私人广告代理公司——声优传媒的客服。

此女人如其名，小小一只，身高不足155厘米，站在人堆里，基本看不见。她不太爱说话，声音带着娃娃音，多说几句就没词儿了。就是这样的女孩儿，却是麟可钟爱的类型。看电影时把她夹在胳肢窝，就像抱着温顺的猫咪。

这只“猫咪”可比自己家那只可远观、不可亵玩，走高冷派路线的“小九九”强多啦！

麟可来到小瑾的工位，不见人影，用手摸摸她的茶杯，还是热的，再看办公桌上的手机，正插着线，连在电脑上充电。也许她去洗手间或找领导签报告，看来只能耐心等着。可左等右等，却始终不见回来。

4

“麟可老师，亲临指导呀！”

随声音而至一位高挑的时髦女孩儿，左手捂着腮帮子，不时从牙缝里倒吸着气，把右手拿着的一摞纸往桌上一丢，径直坐在小瑾旁边。

男主播算是抓住救命稻草，原来是和小瑾同一家公司的另一位客服，小萝。

“小瑾在一楼，等下有客户来谈广告投放。”

“你怎么啦？”麟可指指她的左手和左脸。

“智齿，看来要马上拔掉。”

平时总要调侃麟可一番的姑娘今天牙疼，不想多说话，坐进椅子，马上打开电脑，对照着那摞纸，垂着新嫁接的假睫毛认真填着上单表格，看来有“急单”要上。

“嗯？”小萝忽然抬头，有点不解地望着麟可，“你喷的什么香水，怎么味道怪怪的？”

“还是那个牌子呀。”麟可纳闷儿，又闻闻自己的手臂和腋窝。

“那没事，你可以去找她啦。”小萝继续埋头工作。

麟可快步下楼，来到一楼大厅，果然，在接待处看到小瑾正站在门口，和保安说着什么。

见男主播来到身边，小瑾酝酿片刻，终于哭出来。那小小的身子啊，我见犹怜。

“干什么?!”

麟可大吃一惊，站在女孩儿前面，正对着两位守门的保安：“你们是不是欺负她了？”

“没有，没有！”

鼻子上有颗痣的男保安赶快摆手：“不关我们的事儿！台里的面部识别系统升级，访客需要提前预约，进门的时候刷身份证才行。如果没带身份证，就需要正式的工作证才能带进来。她，忘记给访客预约，对方也没带身份证，她又不是正式员工，自己拿的是临时工作证，所以……”

“所以，客人就回去了？”

麟可柔声问小瑾，女孩儿点头，哭得更厉害。

“而且，还很生气，对你说了难听的话？”

麟可猜测，小瑾忍不住哭出声儿来。

“然后，你老板打来电话，把你骂了一顿扎实的？”

麟可继续推测，从哭声中，听得出他猜得全对。

“这真不赖我们！”

见这女孩儿哭成这样，二十出头的年轻保安也满脸通红，“我们是按照总台的规定办事，‘通知’上周早就发啦。咱们这里是重点保卫部门，之前都是警卫站岗，比我们物业公司更严格。平时我们偶尔睁一只眼闭一只眼，现在上头有要求，我们也不敢随便放人……”

“就让客人进来，你们会死不，这个台会垮不?!”

男主播还是怒了，挥着拳头：“来的是投放广告的客户，是金主爸爸，衣食父母！我们这帮子人吃喝拉撒，都是客户供养的！再说，不是真有事，谁吃撑了到这里来！你们真是官僚至极！”

“你这样说也不对！‘通知’早就发了，全台都执行得挺好，就到她这里出问题。她自己没脑子，我们难道还得为了她破坏规矩?!”

麟可说话难听，保安也硬气起来。

“我要去物业中心，投诉你们……”著名男主播扯着嗓子，有点破音。

“你要去快去，正好崔台刚走，他分管我们后勤和物业，也分管你们电台，你可以找他评评理，看我们谁对谁错！”

麟可还要抢白，被小瑾拦下。两人重新回到二楼，小瑾到洗手间把眼泪擦干，麟可这才陪着她回到座位，小萝恰好不在。

“怪我自己粗心，确实不怪别人。”

小瑾楚楚可怜，用纸巾吸着还在往外流的眼泪。麟可真想把她一把抱在怀里，像安慰猫咪那样抚摸她的头发，可惜这里有监控，开放办公区人来人往。

麟可轻声道：“你真善良，会这样想，要是我就要打人了……”

“那可不行呀！”小瑾把手指放在麟可的唇边，“你是公众人物，别人都盯着你，又是在台里，千万不能这样做，特别是为我。”

“就是为你，我才这样做呢。”

小瑾看着深情款款的男主播，颇为勉强地挤出笑容。

“对啦，送一件礼物给你。”

麟可把一个巨大的袋子放在小瑾桌边，奢侈品 LOGO 格外醒目，看体积就知道是个包包。

“太贵重，我不能要！”小瑾赶快挥手，身子躲得远远的。

“我特意给你选的，这个牌子最适合你的气质，快打开看看。”

不由小瑾再推辞，麟可拆开包装袋，只见最新款的黑色菱格纹小皮包就在眼前，柔软的皮质，散发出与实木家具类似的气味。

“我真不能收……”

“那你就把它扔了吧！”

麟可有点生气，不知小瑾今天哪里吃错药了。虽然两人没有正式明确男女关系，但确实已经好上几个月了，该发生的都发生了。

手机震动，是青辣椒——会议通知。岷江召集部门全体人员马上开会，关于新节目改版，要做好相应安排。

“今天中午，一起午饭哦！”

麟可握一下小瑾的手，帮她擦擦眼泪，快步跑上楼去。

中午 12 点，男主播扔下美女搭档青红辣椒，脚底生风地来到二楼，接小瑾下班。

小瑾补了妆，气色好起来，麟可硬要她背上新包，女孩儿也没再推辞。她把手机和口红放进包里，随着麟可下到负一层，坐上他新买的“鱼叉子”。

“想吃什么？”男主播体贴地询问副驾驶座位上的女友。

“自助餐吧，不用费心点菜。”

“得嘞，W 酒店新开的那家全城最好的海鲜自助，咱们走起！”

丰盛的海鲜、寿司和料理，以及琳琅满目的本地菜肴，让麟可胃口大开。那趟海外旅行千好万好，就是肚肠受苦。

两人举起酒杯，轻轻碰一下，喝完放下，男主播牵起小瑾的手。

这小手精致可爱，柔软细滑就像婴儿，令人爱不释手。

小瑾脸蛋儿绯红，想把手抽回来，又被麟可紧紧牵着。

“我应该坚持，带你一起出去旅行才对。”

“我要上班，不能请假……”

“我会更努力的，等我们结婚，我养你。”

“结婚？”小瑾错愕，望着麟可，“别吓我，你现在，不是在求婚吧？”

“那还没有。”麟可松开小瑾的手，“没这么快，我们还没见过双方父母。再说，我如果真向你求婚，绝不会这样敷衍，我是认真地在和你交往。”

小瑾没接茬，脸上出现复杂的表情。

“怎么啦？”

麟可终于发现女友的异样。今天这一上午，不对劲的事儿真是一件接一件！

——只是休假一周嘛，再加上一个周末，也就是 9 天。回来怎么发觉每个人、每件事都不太正常，但又说不清道不明。

“我……没事。”小瑾主动握住麟可的手，“你别多想。”

麟可深吸一口气，感觉后背又开始隐隐作痛，他反手握住小瑾，突然把她的手翻过来，放在眼前认真看着。

只见，白皙的小手指肚上，有块不太寻常的突起。这突起还有点红肿，仔细看来，是一个线条特别繁复的符号，像高中化学里的分子结构模型，也像星座图，其中分布不规则的蓝色小圆点，黑色的短线连接成网络状。

“这是什么，你受伤了？”麟可惊呼，小瑾赶忙把手抽回来。

“没事……”

“不可能没事，都肿啦！”

麟可还要抢着看伤口，小瑾已经背着包站起来。

“我下午 1 点要回公司开会，就不和你回台里了。时间也差不多，我先走了。”

由不得麟可反应，小瑾已经快步跑出餐厅。

“干吗，我话还没说完！”

麟可起身追赶小瑾，但女孩儿已经按下电梯按钮，迅速把门关上。麟可给小瑾发微信，没有任何回复。再打电话，她的手机虽然通着，却就是不接。

Day 1　第一天

周二，多云转阴，傍晚有雷阵雨

1

凌晨 3 点，麟可从夏凉被里探出头来，大口大口地呼吸着新鲜空气。蒙头憋闷太久，难怪一直做噩梦。

那股奇怪的味道再次出现，而且更浓郁，好像就在鼻孔边。

热烘烘的初夏夜，一旦醒过来就很难再睡着，白瞎了临睡前的 2 片进口安眠药。

麟可的脑袋里就像有座电影院，情节和场景如此丰富，连人物细小的表情和动作都清晰可见。

这该死的电影院！男主播逼迫自己想象出一个更强大的黑洞，把这些恼人的垃圾统统吸走，丢得越远越好！

下午在台里贴“伏贴”的部位也好像被开水烫伤。那位穿大褂的花痴小姐姐只顾忙着贴“秋波”，手法和部位肯定出了错。

麟可索性起身来到阳台，趴在窗边透气。今晚，他还是住在市中心老城区的父母家。

失眠、多梦、盗汗，老毛病啦，这都不算事儿，麟可自有整治它们的方法！从大学还没毕业到广电系统实习开始，麟可就没睡过几个囫囵好觉。当然，那时候他还不叫“麟可”，大号是老爸起的。

这个行业的人，对自身的健康都有种恶意的仇恨，咖啡饮料当水，快餐外卖续命，绝大部分工作明明可以利用白天完成，却偏要在晚上加班加点，晚睡晚起成为“行规”。

好好的会议，白天开不完，半夜里接着开。当时说得大火烧眉毛，老虎咬屁股，回头再看也没发觉有多紧急。好像这样的日夜颠倒，才能凸显出媒体人的“与众不同”和整个行业的“高人一等”。

除了睡眠得不到保障，紧张和压力更是无处不在。每天面对话筒直播的压力，准备各种会议发言的压力，新点子要像河流永不中断的压力，麟可的大脑神经时刻处在紧张的状态。而这种紧张是有惯性的，就算身体躺在床上，脑袋还是不肯停下来。

年轻的男主播，已经吃了 5 年的安眠药。再棒的身体滥用这么久也会掏空，长期的黑白颠倒把生物钟和内分泌系统彻底搞乱套。

不过，这两年麟可熬不动啦，肠胃和心脏都不适，虽然体检没查出大毛病，但他知道自己已经属于“教科书式的”亚健康。亚健康可以转化为很多可怕的疾病，隔壁频道去年猝死的那位小兄弟，比青辣椒还小一岁！

男主播只好把希望寄托在健身房，又请了位肩宽腰细、娘娘腔的私教进行针对训练，也开始学着长辈吃补品，对沙棘茶、肽藻粉和矿物粉的功效门儿清，状况似乎好一点。可今后要长期熬夜，不知道这小身板儿还能坚持多久。

“小九九”站在窗根底下，一边舔屁股一边洗脸，和麟可对视时，发出轻微的一声“喵”叫。

楼下，米粉店已经开门，老板和老板娘忙里忙外，店里昏黄的灯光映照出两人的影子，像有人操控的木偶。这是开了 30 年的 S 市老店，恰好和麟可同岁。他吃着这家的米粉，从一尺多长长成 186 厘米的小伙儿。

米粉码子装在不锈钢盆里，一盆挨一盆，摆在烧开水煮米粉的大锅灶台旁边。

这些码子，麟可如数家珍：荤的有肉丝的、牛腩的、麻辣牛肉的、青椒炒肉的、香干炒肉的。素的有三鲜的、酸包菜的、雪里蕻的、西红柿炒鸡蛋的。还有那些配菜，酸豆角是当家花旦，虎皮鸡蛋和煎鸡蛋是流量担当，榨菜、剁辣椒、辣椒油、酸菜、酸萝卜、泡姜、香菜末、蒜末和小葱花，也是必不可少。

刚才噩梦的内容，麟可已经记不真切。大致是他爬上摩天大楼，一脚踏空摔下来。再到谁的墓地，把坟挖开，血淋淋的尸体上，一个硕大的符号，像分子结构，又像星座。

毫无疑问，日有所思夜有所梦，麟可担心女友小瑾，更在意她小手指上的刺青。

再次醒来，又是 8 点半，男主播从床上爬起来，右侧后脑勺隐隐作痛。父母已经去云麓山顶打太极，他们熟悉儿子的职业特点，从来不会打扰。

今天不用开会，频道主持人并不需要像综合部的兄弟们那样按点儿早晚“刷脸”打卡。如果主持人硬是要求自己按时打卡，纯属对台里客气。

麟可收拾妥当，用液体牙线洁牙，修剪已有几分桀骜气质的鼻毛，再打上薄薄的粉底，描描眉毛，里里外外喷上香水，这才来到米粉店。

叫上一份麻辣牛肉，外加一个虎皮鸡蛋，狠狠挖两勺酸豆角，榨菜丝和酸萝卜少许，又撒上香菜和香葱，这才开始四平八稳地嗦起粉来。

一口粉，一口牛肉汤，这份舒坦啊！

“帅哥！”

有人端着碗，靠过来，麟可瞅一眼，不认识。

"你是住楼上的吧？"

麟可笑笑，算是作答。

"他们说你就是电台里的那个'麟可'，大明星，是不是呀？"中年男人一身干净西装，却露出满嘴的槟榔黑牙。

"大明星不敢当，是我。"

麟可低头喝汤，声音不冷不热。正常人吃饭时都不喜欢被打扰，更何况可能会露出满牙齿的辣椒片儿。

"我每天开车都听你的节目，你和那两个女辣椒真搞笑，你叫'擂辣椒'，因为她们经常合伙欺负你，把你'剁'得稀碎。实在太有意思啦，我经常要听完节目才上楼回家！"

此人一屁股坐在麟可这张桌子旁边，嘴里有很重的大蒜味，"我们家的装修，就是听你的代言才选这家装修公司，我女儿报的学前班也是你在节目中推荐的，我开的这款车，也是听你的建议。我，可是你的忠实粉丝呀！"

说到这里，麟可不能再对人家不理不睬，只好放下不锈钢碗，微微一笑，真诚地送上一句："感谢您对我的支持。"

"应该的，应该的！"

这男人兴奋不已，盯着麟可的脸左看右看，又从头到脚反复打量，没心思再吃自己的粉。麟可实在坐不住，只好起身买单。

"太好啦，和大明星是邻居！我刚搬来不久，晚上给你家送点水果，我老弟开水果店……"

男邻居起身跟在麟可身后，殷勤地递给米粉店老板 100 元，想帮"大明星"付款。老板娘并没理他，麟可自顾自地对着二维码刷手机支付，嘴里是温和的"不用，不用。"

"晚上，我就来送水果！"

麟可在邻居的过度热情中，快速钻进路边停着的"鱼叉子"，迅即沿大路逃走。

有一条著名的河流，在S市蜿蜒九道弯，被一位歌唱家传唱世界，羊栏山就在其中一道弯的怀抱里。

贯穿城区东西方向的九一大道，把羊栏山切成两段，一侧是大名鼎鼎的宇宙最强水果台，另一侧是由棚户改造的卖五金建材的“日湖”大市场。

九一大道下面有个“著名的”涵洞，可不得了，它的名气绝对不亚于任何流量明星！甚至在前年改建期间，它还荣登网络热搜榜。

水果台虽然名气大，路却出名难走，从主城区过来的车子都要在“日湖”大市场掉头，再穿过这个只有两车道的小孔儿，低头哈腰地开往演播厅。所以在羊栏山流传着这样的共识：甭管您是多大的腕儿，到羊栏山也要老老实实先钻涵洞，挫挫锐气。

涵洞给客人下马威，自己人也惹不起，再讲一个段子：

某年的“银鹰”电视艺术节延续往年惯例继续在水果台举行，主办方在来宾通行的必经之路羊栏山涵洞上方悬挂一条巨大的红色条幅，上书四个大字：“银鹰高飞”！

这波操作看似没毛病，可令人意想不到的是，当年“银鹰”节遭遇史上最大滑铁卢，跌下神坛。水果台也因为将“最佳女主角”颁给一位演技上备受争议的女演员而被骂惨。

正全台懊恼，某领导钻过涵洞，一抬头忍不住大骂：“是哪个脑残的把横幅挂这里啦！”

只见，红色条幅下面还赫然竖着一块交警立的牌子，把条幅上的字和牌子上的字连起来读，便成了：银鹰高飞——限高3.5米。

好吧，关于羊栏山和水果台的段子改日再说，我们的男主播麟可从涵洞下面乖乖钻过去，把车子停在地下车库，又开始了忙碌的一天。

今天是周二，各种提前通知的、临时组织的会议一个接一个。麟可忍不住给自己起了个贴切的外号：“麟开会”。

说起媒体行业的会议，也值得认真吐槽一下：

在这里，开会是工作常态，貌似不开会大家就不会工作，各项工作也就不能推进。

有的人，甚至有的部门，上班就是围坐在一起开会。开会又不是短会，而是长谈阔论，遥遥不见终结，就像酒桌上敬酒打圈一样，总要每人都发言，又交叉点评一番，才能进入下一个议题。这种会议作风，和媒体行业在外人眼中“高效率”的假象，十分不吻合。

当然，会议也不是完全没有必要，特别是“头脑风暴会”。

媒体是个极其注重新鲜创意的行业，节目每天都在播，主持人也不能天天换，基本都是固定的，就需要引入集体智慧和外脑智慧，“创意会”还是十分有必要的。

只可惜，这样的会反倒不多。

麟可满脑子议题，走进一间会议室就快速转换一下。这中间还有个小插曲。财务部的同事带着两位小妹妹来到频道，说是“擂辣椒”的超级粉丝，一定要亲眼见见“活的”。

同事的面子不能不给，“活麟可”放下手中的笔记本，陪着两位叽叽喳喳的女大学生到台里各处参观，给她们买咖啡、买水果，又把自己放在办公室珍藏多年的限量款黑猫警长手办送给她们。再化身人肉背景板，陪她们各种自拍合影，直到花样玩尽，才目送她们结伴满意而去。

不由感慨，少年不知愁滋味，真好！

短暂的午休，麟可灌下一满杯咖啡，没有睡意，便到台里的健身房撸铁——利用中午锻炼，是这两个月养成的习惯。

亚克力“天使”降临，频道表面风平浪静，实则他早就气势汹汹地预谋篡夺“电台一哥”的位置，并有诸位高人暗中相助。

麟可不想和任何人起冲突，打小就是与世无争的性格。甚至，如果对方极度渴望某事物，自己恰好拥有，他也可以大度地让出来——初恋女友就是这样被自己拱手让人。

但不知怎么，昨天知道亚克力和崔台的关系后，包括老板在内众人的表现，都让年轻的男主播心寒不已。“咱没有去抢人家的东西啊，别人就是要抢咱的，也应该客气一点吧！”他甚至第一次任性地认为，不能轻松地“便宜”这号人。如果对方实在逼人太甚，自己走投无路，也不排除用男人的方式来场“硬的”！

所以当务之急，是加紧锻炼身体。

健身房热闹，跑步机上有人健步如飞，椭圆机上有人大汗淋漓。打乒乓球的，练瑜伽的，各部门和频道的，男女都有。大家不怎么交流，和平时一样。

很多人误以为在媒体工作的人，日常生活中也是“话痨”，其实非也！

道理很简单，海边打鱼的渔民不爱吃海鲜，开餐厅的人喜欢小咸菜配白粥，而靠嘴工作的人，离开岗位，只想把嘴闭着。

一周没坚持，麟可发觉力不从心，起身把史密斯机上的杠铃重量调减，正这工夫，实习生小影儿靠过来，热络地搭话：

“麟可老师，您又来锻炼呀！”

麟可“嗯”一声，再次试举，还是无奈地放下。小影儿看到，没有顾忌地大笑起来。

“一边玩儿去！”

小影儿的前带教老师恼羞成怒，这女孩儿却完全不在意，她现在跟着亚克力。

“您老了。”

实习生上下打量当家男主播，最后把目光定格在麟可的胸前：“身体还行，但心，老了。”

“论年龄，没法和你们年轻人比，但论经验，你们就靠边站吧！”

麟可反击。

“这样自我安慰也不错。”

小影儿斜靠在落地窗的银色栏杆上，说完这句话不久，甩甩空气刘海儿走了。

被实习生怼一顿，麟可极其郁闷，便报复性地驱使着双臂，死磕杠铃。

汗水，随着神经对肌肉的命令，一并涌出来，脸上、身上，到处都是。

就在麟可勉强把杠铃卧推到最高点的一刻，重达 60 公斤的杠铃突然松开！一侧的铁饼狠狠砸在地板上，另一侧失去平衡，连着横杆也弹起来，再砸向地面——这突发的意外和巨大的声响，惊呆健身房的每个人。

同事们纷纷跑过来，有人马上通知保卫部，麟可被众人团团围住。

“受伤没?!”

这是大家最关心的问题，麟可心里难得泛起一股暖意，平日看起来冷漠的同事，总算还有一点温情。

“我没事，没事。”

麟可从器械上爬下来，坐在地板上，脸上挂着装出来的轻松。

“啊！”

有人惊呼。

是血，从男主播的头上流出来。

“怎么可能没事，都出血啦！”财务部的珊珊赶紧递过来纸巾。

“快叫救护车！”“音乐之声”的琳达拿出手机。

“没事，没事！”麟可拦住琳达，“只是皮外伤，没伤到骨头，就是杆子弹起来的时候刮到，我去医务室处理一下就行啊。”

见伤者自己坚持，大家也不好再说什么。在保卫部和台办同仁的陪同下，麟可到广电医务室缝了9针，一小时之后回到台里。

保卫部已经通知频道，女总监和岷江分别打来电话询问情况，反复和麟可确认，如果身体不适一定不要逞强，好好休息，节目可以再由亚克力代班……

麟可当即拒绝，表示确实无妨，自己能上节目，感谢频道和领导关心。

分管保卫部的副台长和一把手台长也打来电话慰问，麟可一一致谢，并向领导保证，自己没有任何问题，现在已经生龙活虎，绝对不会影响工作！

为了谢绝其他无谓的关心问候，男主播借来一顶帽子，戴在头上。

而整个漫长的下午，麟可与头皮上的伤口和针线斗争，疼得受不了就躲进洗手间的蹲坑，拿起手机，一遍一遍拨着小瑾的电话号码……

2

晚高峰的节目《辣椒家族开心派》，“擂辣椒”火力全开，竭尽所能地逗哏、捧哏，结合当天的热点新闻，“大妈楼顶抛垃圾砸中邻居家的宠物狗”，极尽调侃抨击之能事。再把自己在旅行过程中收集到的奇闻乐事一股脑抖搂出来，两位女主播也配合得天衣无缝。

傍晚7点走出直播间，三人意犹未尽，对自己的表现都相当满意。

“哥，一起吃点呗，给你压压惊，我今晚不减肥。”青辣椒再次提议，红辣椒也表示OK。

麟可摇头，“得啦妹子们，谢谢你们，咱们这么熟悉，吃不吃都是哥们儿。晚上还要上新节目，弄点面包喝杯咖啡，我先熟悉稿子。再说脑袋上还挂了彩，辣的、油的、发的，都要忌口，你们带着我也累赘。”

“那倒没什么，只是觉得你是倒霉催的。”青辣椒拿起链条包。

“气场不对，这个年假没休好。”红辣椒也背起包，手里拎着个带奢侈品 LOGO 的大袋子，白天也没见她出门逛商场。

麟可对女搭档们作出弱小无助卖萌状，突然又想到一个问题：

“你们还记得实习生小影儿吗？”

“怎么不记得，天天看到。”青辣椒抬起那双灵动得能听见水流声的丹凤眼，“原来不是跟着咱们吗，后来被你骂一顿惨的，哭着走了，再回来就跟着亚克力。”

“她是谁介绍来的，怎么进台里的？”

两大美女齐摇头，不知道，每年那么多实习生，谁能全部知道底细。

“她姓什么？全名？”麟可皱着眉头，伤口发麻，疼得厉害。

青红辣椒一同翻白眼，“不知道全名，就是叫‘小影儿’嘛，这有什么关系呢！”

麟可掏出手机，拨通一个号码，几句话之后挂断，脸色越发难看。

“我刚问过 Up 姐，小影儿姓崔，全名是崔影。”

“她也姓崔！”青辣椒惊呼，丹凤眼皱成三角眼，“我原来只认识一个姓崔的，就是崔台，现在一下子冒出来三个，泛滥成灾啦！”

“实习生一般都有点关系，不然也很难进入我们这样的单位实习，特别是咱们频道，还跟着晚高峰节目。这样看来，小影儿也是崔台的亲戚。”

又是崔台！麟可暗自叫苦。

“早知道，当初就不骂她骂得那么狠，还把她赶走，这不是把崔台也得罪啦，指不定哪天就给我们穿小鞋。”

青辣椒瞧了麟可一眼，没有怪罪的意思，反倒是调侃。

“穿小鞋？”

红辣椒突然冷笑一声，“俗话说县官不如现管，总台副台长在咱们广电这一亩三分地确实权力很大，对付我们这些一线的小主持人轻松得很，但是——”

“但什么是？”青辣椒又开始捧哏，两人的语气好像还在晚高峰节目里。

“我们难道就不认识比崔台更大的领导吗？我们难道就找不到更坚固的靠山吗？”红辣椒用修长的手指划过桌面，“我们老老实实做人做事，大家都是出来混碗饭吃，我们不主动害人，他敢胡乱给我们穿小鞋，自然也会有‘上面的人’收拾他！”

麟可明白红辣椒的意思，没吱声。青辣椒想想，也懂了。

“再说，小影儿那德行，不该骂一骂吗？麟可是替她父母教育她，我看不仅骂得对，还骂少了，那天要是我在场，我给她两个耳雷子！崔台如果对麟可不利，我绝对不放过他！”

红辣椒越说越来劲，这可不太像她平时相对内敛的风格，估计今天送包的人来头不小。

“你们早点回去吧，让我静一静。”

麟可掐断对话，瘫坐在椅子上。两位辣椒美女并不坚持，各自到车库，开上自己的豪车，离开羊栏山，回到光怪陆离的主城区。

从窗户看到她们把车开走，男主播也迅速潜入车库，发动“鱼叉子”，直奔小瑾的出租公寓。

今天，简直百爪挠心！

一整天啊，起码发了几百条信息给小瑾，全无回应。电话也拨了上百个，拨通了就是没人接。

麟可去二楼办公区不下十几趟，小瑾的座位始终空无一人，连小萝也不见人影儿。别家公司的女孩儿均表示，一整天也没见声优的人。

好端端的，女友就这样人间蒸发，这不是活活要麟可的命吗！

西玄不停请求视频通话，麟可顾不得接，闷着头只把车子开到最快。实线变道，双黄线掉头，交通罚单什么的，暂时随便吧。

当然，这都是错误的示范。

小瑾和小萝合租的一室一厅公寓，就在声优传媒附近，麟可来过两次，但没有钥匙。

楼下稀疏的草皮，缺胳膊少腿的儿童游乐设施，与这里的租金水平相匹配。站在垃圾已经冒出头的垃圾箱后面，抬眼就能看到公寓巴掌大的窗子一片漆黑。麟可好不失望，却还不死心，“噔噔噔”来到门前，狠狠敲门。直到对面的住户大妈出来呵斥，这才作罢。

确实没人。

再拨小萝的手机，和白天一样，电话通的，没人接，微信也不回。

麟可这时才猛然发觉，相识半年，自己竟然没见过小瑾的家人和朋友。除了室友兼同事小萝，两人在这世上再无交集。

沿公寓旁边的街道，各种小店一间一间找过去，又到之前和小瑾散步的街心公园和街角的猫咪咖啡厅，“小九九”就是在这里领养的。统统不见人影儿。

不知怎么，一种不祥的预感，强烈地涌上男主播的心尖儿！

男主播已经决定，过了今晚 12 点，如果还联系不上女友，就报警……

3

时间不知不觉到了晚上 10 点，男主播还在马路上溜达，看看手机上的时间，心中惊呼：我的天，这可坏菜啦——还有一小时就要上节目，自己差点把这事儿给忘记了，还完全没有备稿子呢！

总监和岷江已经审过的稿子，下午 5 点就发到自己的工作邮箱，可惜一直没找出工夫认真看。只剩一小时就要开播，自己还在离台里 40 分钟车程的地方呢！按照频道的规定，主播必须在节目开播前 20 分钟到岗，否则就算迟到！

麟可头皮发麻，不备稿子，还算“小事”，专业主持人都有一目十行的能力，自己用点心，不太可能出大问题，而且还能趁节目片花、广告和插播音乐的时候，赶快“预习”一下后面的内容。

但是，作为主播，没有按时赶到台里，导致节目“开天窗”那可是职场大忌啊！如果没人代班，搞不好自己的职业生涯就会彻底终结！

还是那句话，可以死，但不能迟到。

事不宜迟，麟可跳上周身雪白、线条优美的“坐骑”，朝羊栏山快马加鞭。可也正是这样心急火燎地开车，麻烦从天而降。“鱼叉子”与一台银灰色的小车，在环线上发生追尾刮擦。对方男车主钻出来，气急败坏：

“看不清就戴上眼镜，怎么照屁股就擂过来？”

麟可赶忙赔不是，“我赶时间，确实开得快了一点。”

“再赶时间，也没有你这样开车的！”那男人瞧一眼玛莎拉蒂，“你是不是仗着自己弄辆好点的车，就在路上嚣张？富二代？”

开豪车就只能是富二代？白手起家不行嘛！

这都什么时代，年轻人创业成功的比比皆是，早就累积了远远超出父辈的财富，怎么还有人抱着这样的老观念呢？而且，追尾也不完全是后车的错，前方大路畅通，他猛然急刹，也不知道有什么毛病！

如果现在是晚高峰节目，自己一定要直抒胸臆，好好抨击一下对方。

或者，倒退 10 年还在读书，身材高大的麟可，可以一记老拳问候他全家老小，但现在，不能身陷麻烦。

今天是新节目的首播，就是临时请同事代班，也搞不定，青红辣椒都进城了。更麻烦的是，《零点敲敲门》之前的两小时是白天节目重播和线性新闻，也就是说，直播间没有节目口的主持人交班。

在广电系统，播音员和主持人的岗位和要求并不一致。播音员字正腔圆，一般照稿子来，主持人却可以适度地自由发挥。

而且作为公众人物，身负几个品牌的代言，麟可也绝对不能有任何负面新闻。

“师傅，我不是富二代，车是老板的，我就是个打工开车的，我愿意给您赔钱行吗？都是我的错，我真有急事，家里有人生病住院，我确实着急……”

平日孝顺的麟可，实在不想诅咒家人，但眼前的紧急情况，也没有更好的借口，不得不撒谎。

“就算这样，大晚上你开车的时候戴着帽子也不对，这样会遮挡视线，你的驾照难道是买的？”

遇见爱管闲事的大哥，麟可无奈，只能忍痛掀开帽子，露出沁着血的纱布：“我今天受了伤，刚缝了几针。”

听完这话，男人没吱声。过两秒，转身上车。

“师傅，您说个价，我赔给您修理费……”

麟可三步并两步追上去。

“瞧不起谁呀，还差你这三百两百，快去医院看人，别耽搁啦！自己也多注意点，伤口不能吹风！”

男人摇下车窗，一脚油门，车子开走。麟可望着银色小车的背影，不能再耽搁，赶紧启动。

22：56分赶回台里，2分钟从地下车库跑进八楼直播间，男主播的眼前全是金色的星星。

这个状态要不得，必须马上把气喘匀，不然等下直播时气喷话筒，话都说不利索，还是要闹播出事故。

好在还有5分钟的广告和宣传片，麟可快速登录直播间电脑，调出邮箱里的稿子，按住Ctrl键和鼠标的滚轮，把文档缩小成一屏两版，迅速熟悉着稿子的大框架。

不开玩笑，现在不是争分夺秒，毫秒都很珍贵。

导播已经把稿子打印出来，放在直播间的桌上，虽然电脑屏幕就在眼前，大部分主持人在直播时还是习惯手拿稿子，手指不乱动，这样才能更专注。

午夜前的一小时，是一篇经典推理悬疑小说，约翰·罗德的《紫色的线》。00：00-01：00，是一篇叫做《七日》的推理小说，作者就是台里的推理作家子鱼。

麟可的脑子里突然跳出岛田庄司的《占星术杀人魔法》，如果能在节目中读读这本书该有多好！

但他马上意识到这无非是痴人说梦，先不说篇幅太长，就是那些赤裸裸的肢解尸体的桥段和利用“占星术”杀人的“封建迷信”思想，总编室的大爷大娘们也会分分钟叫停，再顺便把身为主持人的他“大卸八块”，这个过程完全可以写成另一本惊悚杀人故事！

回到自己手上的稿子，通篇看来，两篇文章有些神似，措辞干净，短句多，朗读起来并不生涩。麟可胸有成竹，开始依次播讲。

直播渐入佳境，男主播的心跳放缓，自己也被“普里警官智破集雨桶杀人案”的故事吸引。

23：28，半点前插播广告，麟可这才从高度紧张的状态中解脱出来，发觉汗水已经把裤子紧紧黏在腿上。起身整理，不经意间抬头，突然看到直播间一道玻璃墙之隔的导播间，有双眼睛正紧盯着自己！

在广播电台，导播是一项重要工作——互动性的节目中要接听众热线，监控节目进程，检查广告和宣传片的准确播出。特别是遇到直播事故，导播的果断处理，可以将事故减小到最低限度。

不过，《零点敲敲门》并没有热线，导播只需要安静地坐着，看看电脑，监听主持人在室内直播即可。

麟可所在的频道是全年不中断播出，365 天，每天 24 小时，综合管理部有 4 位导播轮流。夜间的导播常年都是海哥，所以从进门起麟可也没有多在意。直到现在，他才发觉今晚陪伴在自己对面的这双眼睛，并不属于慈眉善目像一尊弥勒佛的海哥。

这眼睛的主人，此刻正抱着双肩看着麟可，笑也不是，哭更不是，那复杂的状态很值得玩味。

麟可认出来，是小泠。

4

小，泠?!

手中的稿子差点握不住，冷汗瞬间就从脖颈子涌上来，一直冲到麟可的脑瓜顶。

怎么会是小泠？他不是已经被开除了吗?!

7 年前的那个午后，劈开挡在身后的 2500 多个午后，转身回到麟可面前，直盯盯地逼视他的眼睛，让他无处可躲——

“那件事”之后，自己时来运转，全网爆红，算是彻底飞黄腾达。可小泠，却在当天卷起铺盖，黯然离开电台……

这 7 年里，没人知道小泠的消息，甚至有人说他遇到车祸，已经离开人世。今天，他怎么回来了？难道是索命的冤魂?!

男主播只觉得喉咙发痒，却不敢走出去喝水。他实在不知道面对小泠的第一句话，应该是“嗨，你好”，还是“你想干什么?!”

直播期间，容不得太多胡思乱想，麟可只能用话筒做掩体，把身子缩在直播间的桌子后面，躲避对面直视自己的目光。

时间分秒流逝，以午夜作为节点，零点报时之后，麟可打开《七日》，面对话筒，讲述这个未知的故事。

此时，直播间异常宁静，喧嚣热闹的街道终于沉寂下来，无数个大排档和小摊贩，准备在送走最后一批客人之后，打烊，入睡。

只有的士司机、晚归的上班族、宵夜一族或K歌一族，或坐车或开车，听着收音机。当然还有那些住在大学寝室的年轻人，在熄灯之后的黑暗中，戴着耳机，静默地仰面躺在床上。

这是中篇小说，七日讲完。

麟可把声音放轻，语气放缓，和着背景音乐松居庆子的 *The Wind and the Wolf* 和 *Deep Blue*，开始讲述这个故事——

只能等这场雷阵雨停歇，男孩儿才能带小狗出去散步。

这短腿的小柯基比平时更兴奋，围着主人的脚，眨巴着黑葡萄一样的大眼睛，鼻尖像把小铲子，在地上嗅着、蹭着。

拗不过它，男孩儿只能放下作业本，和厨房里做晚饭的妈妈，缩在木凳子上闷头抽烟的爸爸打声招呼，牵着小狗走出一家人临时住的工棚。

狗是男孩儿捡回来的，父母明知道这种狗值钱，却反对他养。身为外来打工者，他们没有更多的精力和金钱，再安置一张嘴巴。但最终，他们妥协。

刚出门，小柯基撒开腿就往前跑，男孩儿放开牵引绳，任由小东西撒着欢。

小狗和小孩儿一样，喜欢雨后的清新，离开昏暗的工棚，户外世界的广阔，让心情瞬间美妙起来。

小狗沿着工棚前面的泥巴路，一个急转弯，朝草丛后面跑去——

那是通往锯木厂的一段窄窄的小路，勉强算是两条车道。小柯基的四只白色小爪儿踩在泥水里，溅起的泥点子落在身上，男孩儿在后面紧紧跟着。

道路左手边是岸上长满蒿草和野芋头的水塘，平时，男孩儿喜欢放几只爸爸编的竹篓子，抓里面的小鱼小虾，不爱说笑的妈妈会用韭菜叶炒了，做一家人的晚餐。右手边是一片并不茂盛的毛竹林，稀稀拉拉的竹竿儿，像一群营养不良的孩子。再远点，就是物流中心成片成片的仓库。

这里是城中央的一处世外桃源，是男孩儿和小狗的乐园。

锯木厂已经荒废，去年，男孩儿的爸爸和工友撤离，大门被铁锁锁住。不过，小狗和男孩儿都知道不用走铁门的捷径。

果然，小狗踩着墙边的木头堆，一纵身就跃过矮墙。男孩儿也从铁栅栏破损的地方找到一个空隙，一钻而入。

南方潮湿闷热，今年雨水慷慨，锯木厂一片荒凉，半尺高的杂草从四面八方包围着两栋仓库组成的车间。仓库的外墙原来是鸟屎色的稀白泥涂抹，现在已经斑驳得像男孩儿用蜡笔画在硬卡纸上的不规则涂鸦。

柯基比平时兴奋，到处闻着，小鼻尖就像探针，径直跑进仓库。

小孩儿急了，赶忙追过去，那里可去不得，里面到处都是锯木之后留下的木屑。工人搬走时，没有好好收拾，杂物堆得到处都是。去年，小狗就是在那里扎伤后脚，大半个月才能跑。

不过，仓库里的乐子可比外面多，男孩儿被脚下一块长三角形的木块吸引，蹲下来捡起来，拿在手上比划着，就像一把简易手枪。眼前马上又出现一块圆形的边角料，如果用彩笔画几下，就是一张笑脸。

男孩儿把上衣前襟扯起来，形成一个网兜，在地上专心致志地“寻宝”，每找到一块木块，就放进怀里。

突然，柯基剧烈地吠叫起来！

这叫声与平时完全不同，上次还是和马路上狭路相逢的野狗吵架。男孩儿赶忙站起来，只见小狗一边朝着仓库里面跑，一边回身“召唤”男孩儿跟上。

仓库面积其实不小，从门口望进去，最深处黑漆漆的，好像有点烟雾，又像有影子晃动，让人不敢上前。

男孩儿害怕，停下脚步，大声喊着小狗的名字，可这小混蛋却越跑越远。

“不能让它再扎脚！”

小男子汉鼓起勇气，朝着那团黑暗走过去，不知不觉，刚才捡的小木块全都掉了。

小柯基已经停下来，远远的，站在一堆白色的物体旁边。

近了，又近了。

男孩儿屏住呼吸，加快脚步走到近前，终于看清楚——那是一个女人，趴在木屑堆里。

小狗围着女人打转转，鼻头在她裸露的皮肤上嗅着，终于发出心满意足的哼哼声。

“阿姨，你怎么啦？”

男孩儿蹲下来，用力地摇晃着女人的身体，却没有反应。他只能使出全部的力气，把趴着的女人翻转过来，这才看到她的脸——

一张睁大眼睛，咬着舌头，死人才有的脸。

警方接到路人报警，迅速封锁现场，男孩儿和他的小狗接受“询问”。

发现尸体的就是他们，可是小狗不会说话，男孩儿也不善于表达。

警方尽量不吓着孩子，请一位酷似某鲜肉组合偶像的年轻男警官问话。不一会儿，孩子的父母就赶来，他们在不远处的物流中心打工，都不是本地人。

从尸体的发现者这里，再也找不到什么有价值的线索，警方允许孩子的父母把他带回家，法医和法证开始忙活起来……

死者，没有刻意“隐瞒”自己的身份。警方从她裙子口袋里的一张临时工作证，很快就查出：女，26 岁，未婚，某公司普通职员，也就是平常所说的“小白”。

此女尸身完整，衣着也算整齐，颈部被尼龙绳儿勒住，显然是缺氧窒息而死。这种尼龙绳儿广泛使用，似乎没有特别的调查价值。唯一奇怪的是，与一般被勒死和缢死的尸体常出现的皮下和点状出血不同，死者的口腔和鼻腔都有一定数量的血液，裸露的皮肤和裙子上也沾着不少半干的血渍。

尸体周围都是木屑，从仓库地面上的分布情况，看得出是有人特意收集到一起，再堆积在她身上。由于男孩儿翻动尸身，木屑散落。

尸体周围有一些脚印，痕迹相当杂乱，法证正在仔细调查。

警方，把视角从尸体身上延展到整座仓库，一毫米一毫米地外推，直到整间锯木厂。从仓库里，到坪场，再到栅栏、铁门，然后是门口的小路。路旁的池塘、竹林也不放过，一直到几百米外直通物流中心的主路上。

终于，在池塘里捞出属于死者的链条小包，包里还有身份证和银行卡，但已经没有现金，手机就在包里，屏幕还在闪烁。

警方立刻联系运营商和银行，把死者一年来的通话、社交媒体信息和语音，以及银行卡的收支记录，全部调取出来，作为调查的主要内容。

与此同时，又从死者的人际关系着手调查，父母、同事、男女朋友、社交媒体朋友，特别是近期是否与什么人发生冲突。

接着联系锯木厂老板，寻找其他目击证人……

杀人案件在第一页就浮出水面，死者是一位年轻女性。故事引人入胜，刻画入微，不愧是畅销小说家的手笔。

直播间的电子屏显示 00：58，是时候要进广告，也标志着今天最后一档直播节目——《零点敲敲门》圆满结束。

麟可长舒一口气，嘴里又干又苦，一直保持伏案抱稿的双肩也发酸。丢开稿子，浑身有一种说不出的空虚感。

慢吞吞地收拾好直播间的桌子，硬着头皮，男主播走进导播间。

直播间和导播间是一个大套间，直播机房在里面，即便再不情愿，想离开八楼也必须经过导播间进入走廊，最尴尬的一刻还是无法避免——

麟可劝说自己，死就死吧，被他掐死也不算死得冤枉！这就是因果循环报应，不是不报，时辰未到，现在时辰到了，害人者没有善终……

可是，令麟可意外的是，导播间却空无一人！

小冷的水杯还在桌上，手机倒扣着，看这样子，他去洗手间了。

此时不跑，还待何时?!

麟可腋下夹着双肩包，操起手机，甩开大长腿，逃似的从八楼直播机房溜走。在电台一楼大厅的出口处，慌不择路的男主播被自己的鞋带绊倒，哈伦裤补刀，狠狠摔在光滑的地面上……

值班的保安赶快冲上来扶起他，没想到竟然是昨天为小瑾的事儿，被麟可骂一顿的鼻子上有颗痣的小伙儿！

地上没有水，不是保洁的错儿，对方没说什么，麟可的尴尬翻倍。这一摔，恰好撕裂中午缝合的伤口，血很快就从纱布渗出，没走几步，就沿着帽子流到麟可脸上。除了再去一趟医务室，也没有更好的办法。

即便这样，伤口缝合之后，麟可还是又去了一趟小瑾租住的公寓。再吃一次闭门羹，终于忍不住站在马路上，对着越来越漆黑的夜空，用平日里让自己直起鸡皮疙瘩的“播音腔”，狠狠地咒骂着……

这该死的夜晚啊！

Day 2　第二天

周三，阴

1

正在被窝里上天下海，麟可接到岷江的电话，通知他火速赶到台里，9 点整台里召集各频道班子、骨干主持人、编辑记者和策划开会，不能请假，也不准迟到！

台里有规定，节目生产一线的全体员工，手机 24 小时不准关机。

当然，不准是不准，关机也不会死人，就是有事联系不上你的时候，总监或领导给你“丢个大的”而已。

24 小时随时待命，显得不那么“人性”，为了安抚这一众年轻人的逆反情绪，台里又允许节目一线员工每年报销一部手机，每月还有电话费补贴，当然都有限额，但正常使用已经绰绰有余。如果不想换手机也成，反正钱会打到卡上。

其实，明眼人一看就知道，“不准关机”貌似劳动纪律，“发手机”却是隐性福利。

在这个行业内，类似的福利还有很多，有的是桌面上的，有的放在桌子下面。

五险一金、车餐补贴和高温补贴属于明面的福利，合理合规。其他物资类的福利，十有八九是商家赞助或用来抵广告费的。

物资福利年节扎堆，平时也不断流——有的是家居常用，从土特产、橄榄油到卫生纸，五花八门；有的是文化产品，演唱会门票、游乐园门票。有的接地气，洗脚按摩消费券。有的高大上，海外旅行、五星级酒店消费全免。总之客户卖什么，拿什么来抵广告费，台里就发什么。

有个流传已久的段子，某新开的小酒楼用全免消费券抵广告费，没过多久，关门大吉。据说广告播完，没见什么花钱来的正经客人，倒是拿消费券的一桌挨一桌。这些人呼朋唤友，推杯换盏，蝗虫入侵一样，活活把一家餐厅吃垮，这战斗力也是没谁了。

段子归段子，这些隐形福利，不管是“合法的”“灰色的”甚至是“违法的”，在国家强硬的整顿态势之下，都戛然而止，早已一去不返。

麟可用手指拨开沉重的眼皮，把昏沉沉的脑袋从专治颈椎病的乳胶枕上抬起来，看了眼手机屏幕，7：39。

毫无人性！

昨晚你们吃饱睡足，老子一个人在台里主持《零点敲敲门》！

回家洗漱上床已经凌晨 3 点，过了睡点儿又开始失眠，只好不停刷手机。直到眼睛都看不清屏幕，米粉店里的气味飘进卧室，才勉强“呼噜”这么一小会儿，现在又要去开会……

请问你们当我是什么？这样盘剥我的“剩余价值”，你们的良心会不会痛?!

嘴上嘟囔不停，男主播手脚并不耽搁，赶快穿戴起来，斜挎着名牌“屁股包”，就是那种拨到身后刚好搭在臀部的电脑包，抓起父母留在餐桌上的葱油粑粑，快步跑下楼梯。

一路无话，停车上楼，提前 5 分钟来到一号会议室。

都是几个熟人，实在熟透啦！在一个流动性不强的国属机构工作几年，几百号人还不早就熟烂于心，更不要说中层及以上的干部、各频道的“首席”和各种“话筒”们，就这么几位“额头顶着身份证”的。

大家见面并不兴奋，彼此平淡地打个招呼，明显敷衍地调侃一句，便各自找位置，低头玩手机。

没人担心会议主题是什么，也不需要准备讲话稿。不谦虚地说，这世上最会“说话”的人，应该就在广播电视台里吧！

电台的人就是靠嘴“吃饭”的，特别是主播们。巧舌如簧那是骂人的话，口吐莲花那是平均水平，最差的也是给个话题，不管熟悉不熟悉张口就来，还能举一反三。

不服不行，举个小例子：

某“当家花旦”姐姐参加某会议，到了现场才发现主题是“新媒体对传统媒体的冲击”，参会人需要轮流发言。这位大姐不声不响拿出手机，在其他人发言时快速搜索，30 分钟后，在现场呈现出当天最高水准的演讲：

观点前卫鲜明，引用数据准确，论证支撑有力，最后还有自己的思考，如同一篇精心准备的论文。

再加上专业主持人的大气沉稳和娓娓道来，全程脱稿，与会者如痴如醉，均被深深折服，不由感慨：广电真是人才济济啊！一位传统媒体的主持人竟然靠自学成为新媒体领域的专家，平时肯定花了大量的时间学习积累，才能达到这种水平和境界……

广电不死，传统媒体不死啊！

唉，其实屁股坐在凳子上的那一刻，这位当家花旦连“新媒体”是什么都搞不清，从会场出来，她还是个“棒槌”——

不过，专业主持人就是有这种高度欺骗性的能力，快速组织大脑思维，并驾驭语言，从而达到技惊四座的“舞台效果”。

对于某些主播来说，无论有没有话筒，她们都已经习惯性地保持“表演”状态。

回到今天的会议，关于筹拍“敬礼片”。

麟可把身子缩在椅子里，在桌子下面轻松地抖着腿。这种工作，一般都是老板们安排下来，自己照着做即可——

要么就是穿着拖鞋、大裤衩在录播室里给宣传片配音，要么就是当个活道具，穿得笔挺挺的，还有人专门给涂脂抹粉，最后站在台上一心一意地背稿子就行。

用笔记本做掩护，首席男主播开始玩手机。

其实，麟可就算堂堂正正地看手机，也不是死罪一条。

每天为了收集晚高峰节目话题，麟可要在互联网上寻找有趣的素材。各种工作流也在手机 OA 系统里，工作群和项目群有几十个，一天到晚吵不停，就算设置了消息免打扰，红点也永远点不完。

点不完的红点，竟然活生生地把麟可的强迫症治好了。

会议冗长乏味，缺少睡眠的男主播一把鼻涕一把眼泪，好在嘴里有颗别人给的槟榔提神。

槟榔是本地油腻大叔的最爱，但多吃会得口腔癌，牙齿也会有黑线。麟可平时很少碰，也没少在节目中调侃。但现在困成这个熊样儿，别说槟榔，就是毒药，只要能打败眼前的瞌睡和疲惫，他也会先吃上再说。

国际大事看一圈，国内大事看一遍，特别是自己一直关心的某东南亚国家王室的八卦，再回到朋友圈。麟可正倍感无聊，突然，有位朋友转发的一篇新闻，标题吸引了他的注意：

《S 市突现一具年轻女尸，自杀还是他杀？》

S 市，女尸，年轻?!

麟可腾地坐直，椅子和地板猛然发出摩擦声，一号会议室里的人一齐看向他，首席男主播立刻抚着胸口，老练地靠咳嗽掩饰。

小瑾，难道？……

已经没心思“敬礼”，麟可迅速起身尿遁。老规矩，一个人跨在洗手间的蹲坑上，逐字逐句地研读这条新闻。

入行媒体，工作和人际关系的长期高压，让麟可养成蹲在洗手间里“放松”的习惯。小小一方空间，气味虽然不好，蹲着也累腿，但却有职场里难得的安宁和安全。

说是新闻，其实就是一条两百字的短消息，本地媒体联动S市某辖区警署的一篇报道。要图没图，要细节也没细节，可能是警方故意隐瞒细节。

消息虽短，麟可的心却像被几条带黑红花纹的毒蛇围攻、啃咬——女友小瑾突然失踪，昨晚自己虽然没报案，但每分每秒都在煎熬！

还有小泠，昨晚失眠的另一个原因就是他！

人们不是都说世界很大嘛，一次分开就能永别。自己心念小瑾，却见不到人。自己和小泠兜兜转转，却还是在这个小圈子里遇见。

这也是一条回来索命的毒蛇！

提起裤子回到一号会议室，正赶上一把手台长讲话，麟可正襟危坐，手中的笔假装记录，其实却在本子上夸张地乱涂乱画。这情景，还是被坐在桌子斜对面的女总监看到，对方抬抬眼皮，用眼神制止麟可。

唉，这漫长的会议啊——终于熬到头。

麟可夺门而出。

2

没坐电梯，三步并作两步跑上五楼，麟可与走廊上另一方向的来人，差点撞个满怀！

“麟可老师，好。”

竟是亚克力。只见他身穿白T恤，浅蓝色牛仔长裤，头发一丝不乱，脸上没有扑粉，还是戴着“教科书式”的无框眼镜。这种样子不像前卫的媒体人，倒像大学里新来的助教。

他的身上也没有香水味，而是洗衣液的味道，淡淡的清香，挺好闻。

“嗯。”麟可用鼻子答应一声，“不敢，您可别喊我老师，我又没教过你。”

亚克力好像全然没听出这话里的讽刺，毕恭毕敬地站着：“您是频道前辈，我必须尊重您，还请多指教。”

麟可本想多怼几句，突然想起崔台这茬儿，好歹也挤出一丝笑容：“您比我年纪还大一些，都是同行，互相学习吧。”

好在亚克力不纠缠，笑笑之后，径直往洗手间走去。麟可赶忙拐进综合管理部，推开里间的小门，双手往办公桌上一撑，急急地问正对着电脑屏幕的女人：

“Up姐，什么情况，小泠怎么回来了？”

被称为“Up姐”的综合管理部向上主任把眼睛从月度工资表上拔出来，笑吟吟地看着眉毛拧在一起的男主播：

“上周就回来了，怎么啦？”

麟可赶忙绕过办公桌，走到主任身边，俯下身子小声道：“怎么没人告诉我，弄得我一点心理准备都没有。”

“你还要准备什么，求婚啊？”

麟可把桌上的一支笔抓住，狠狠地杵在自己的腿上，好像用这种自残的方式，可以换得女士的一点同情，也借以表达深深的无奈。

“算啦！”

Up姐转动椅子，“几年前的事儿，过去就过去了。小泠这几年在外面打工，这次回来继续做导播，也是总台领导打招呼的。不过台聘身份就没有了，暂时只能是劳务派遣，福利待遇都低了一大截。”

“不是！……”麟可还想抢白。

Up 姐摆摆手：“姐只提醒你三点：第一，杀人不过头点地，得饶人处且饶人，总揪着不放，就显得你小气。第二，这是职场，不能事事都按照自己的意愿转移。要么你适应这里，要么另谋高就。第三，总台定的，不是频道说了算。你有意见，得到总台去吵，估计又黏一身屎尿屁回来。”

麟可知道，Up 姐忠言逆耳，却字字珠玑，自己多说无益。

“小冷还是属于综合管理部，我管他。上周我已经找他谈过话，让他平和心态，好好工作，他也表了态。所以，他不会主动找你的茬儿，当然你也别招惹他，那就没意思啦！”

“我绝对不会，可是能不能调调班，别让我们俩碰见？”

Up 姐满脸无奈，眼睛不时看向电脑，这个表格马上就要交给财务部：

“你不是不知道综合管理部的难处，台里向一线部门倾斜，姐这里长期缺人手，我有时候也要兼导播班，换他们去吃饭。海哥身体不好，不能再熬夜，小贺刚休完产假，夜里要给孩子喂奶，只能白班。阿俏一个年轻漂亮妹子，上夜班不安全。我已经考虑了你的因素，让小冷避开你的晚高峰。谁知道午夜节目你又兼，我就实在排不开啦，请您老多担待为妙。”

此话属实，麟可不能再为难老姐啦！

“当然，如果小冷有任何问题，特别是危害播出安全，你可以第一时间告诉我，也可以向频道领导反映。”Up 姐拍拍小老弟的肩膀。

麟可垂头丧气地走出综合管理部。

“这么早就来上班，要当宇宙劳模吗？”

青辣椒从电脑旁的小镜子前转过脸，妆化了一半，脸很白，眉毛粗黑，嘴唇却无色。看来，她又睡过头，跑到台里捯饬。

“我没那么高的觉悟。”麟可扯过自己的椅子，一屁股坐下去，不与“女鬼”对视。

“新节目，怎么样？”青辣椒边画眼线边问。

麟可用竖起的中指，狠狠按一下电脑主机的开关，屏幕顿时来神了，也顺便回答了女士的问题。

“你，被人陷害了。”

青辣椒开始涂口红，其实她的素颜足够漂亮，可却和红辣椒一样，每天比着赛着浓妆艳抹。钱都是小问题，耽误这么多精力，搞不好就把口红沾在牙齿上，看起来吓人。

麟可最初还耐心劝说女主播们：整天在台里晃悠的就这么几个歪瓜裂枣，都是熟透的不洗头之交，没必要为他们打扮。

可青红辣椒却坚持：公众人物不能不爱惜自己的“羽毛”，外在形象同样重要。万一有人偷拍你，网上黑你，把你那些丑态做成表情包和P图素材，你想骂人都不知道该骂谁！

就这样潜移默化地熏陶，在耳根子边上念经，麟可也开始涂粉底、画眉毛。

这三个人的节目在傍晚，赶不上晚餐，中午的应酬就格外多，所以旁人经常见到“辣椒家族”一大清早就整得跟三具蜡像馆的假人一样。

不过呢，现在确实有人陷害自己！麟可虽然没接茬，但他知道青辣椒看似随口一说，却一语中的！这几年一起做节目，她经常这样神叨。

“小冷，没为难你吧？”

节目搭档终于开始收拾桌面，把化妆品放回抽屉里，转过身子，已经是另一张脸，女鬼变女神，还亲昵地把脚搭在麟可的鞋上。

“没有。”

“说话了？”

“也没有。”

“彼此尴尬不？”

麟可终于不耐烦，把青辣椒的脚蹬回去：“你这人就没劲啦，哪壶不开提哪壶，怕是听笑话的吧？”

“我怎么会。”青辣椒赶紧安抚眼前的炸毛鸡，“小泠回来得很突然，我也是在导播间看到他的，当场惊呆了！”

“你呆什么，他和你又没过节，以前还挺喜欢你……”

“但因为你，我瞧着他也不对劲！”青辣椒又贴上来，“我和你是一边的，小泠知道，所以看到我也不热情。我们彼此点点头，没说话。”

“唉，”麟可叹气，“想起往事，我是有苦说不出啊！之前想说，他已经离开电台，现在人回来了，我又张不开口。”

“那就别说。”青辣椒把手指放在麟可腿上，压低声音，“中午，咱俩吃饭去，有事谈。”

“啥事，现在讲吧。”麟可确实没心情。

“我妈和舅过来，想看看你……”

“阿姨来了，好事呀，看我干吗？”男主播警觉地往后靠。

青辣椒难得羞涩一把，美好得就像一颗洗净的车厘子：“我妈说，有些事不能拖，还是早点定下来。”

“你还没和阿姨说真话吗？！”

麟可声音提高，见大办公区的其他人看向这边，才重新把脑袋藏在办公桌的毛玻璃隔断里，“去年那是帮你，糊弄老人家……”

“可我妈说，你符合甚至超过她对女婿的要求标准，特别是你的优秀基因，宽肩膀细腰小屁股大长腿儿，粗眉毛大双眼皮儿小嘴岔儿，为了下一代考虑，非你莫属！你要我怎么办？”

麟可无比烦恼，偷偷作揖："大姐，阿姨是说相声的吧！凭咱俩深厚的战友情谊，我真不想伤害你，但我现在确实有女朋友……"

"女朋友？"青辣椒斜着嘴角儿，"就那样的，矮得像雨后的地木耳，两条小短腿加起来不足一米。要啥没啥，话都说不明白，你也当成女朋友，这眼光也太差劲啦！"

"你不了解小瑾……"

青辣椒的话难听，换了别人说出来，麟可铁定要翻脸，但在两位异性搭档这里，他一没有原则，二没有底线——这是早已超出同事情的感情，是战友情，更是亲情，怎么定义都不为过，至少他是这么认为的。

"我才没时间了解她！我只问你，你喜欢我吗？"

好直接，好干脆，下一秒可能就是"推倒"！都市女性的这份爽快劲儿，怕是让很多男士神魂颠倒，麟可却眼花耳鸣，嘴巴一下子就干了，喉咙像被炒熟的地木耳糊住。

"不喜欢?!"青辣椒皱起刚画的眉毛，像两条虫子。

麟可保命一般赶快摇头。

"喜欢？"

麟可又摇头。

"你在耍我吧？"青辣椒终于变脸，口红粘在牙齿上，"或者，你是爱我，我太优秀，你自惭形秽说不出口？再或者，你怕红辣椒伤心，不想告诉她心里话？"

男主播搭档不敢看她，这份哭笑不得啊……

"你们俩，什么意思?!"

只顾着聊天，没注意身后，红辣椒神不知鬼不觉地出现，看她的表情，已经听到刚才的对话内容。

"你们打情骂俏可以，但别拖我下水！把我当成什么，你们的床单吗?!"

麟可想抓住女孩儿的手臂，不让她带着一肚子气离开，可女主播却用力挣脱，眼里含泪地冲出大办公区……

3

麟可的午餐，是和兄弟西玄吃的，就在银鹰阁餐厅，台里的大食堂，排队买回来的 7 元一份的普通套餐。听说这个套餐价值 15 元，台里每年要为此补贴几千万，就为了给大家一口实惠又热乎的吃喝。

“小瑾，还没联系上？”

西玄给麟可递过来一碗表面撒着玉米粒的蒸米饭，自己端起酸菜豆腐例汤先喝着。

男主播那副丧气样，就像 7 元套餐里被斩碎，再红烧得死去活来的鸭块。

“做兄弟的，一直不好说你。”西玄夹起鸭块丢进嘴里，边嚼边数落，“小瑾妹子明显配你不上，工作不咋样，人更不咋样。矮不说，要学历没学历，要谈吐没谈吐，笨笨蠢蠢的，就是一张小脸蛋儿长得漂亮。”

“脸蛋儿漂亮，就是优点。”麟可强词夺理，但已经没底气。

西玄一副恨铁不成钢的表情：“你丫，就是看上一张脸，肤浅！女人挑男人，男人也不能随便找个女人就行。叔叔阿姨见你带这么个女的，怕也不满意。”

“还没见过双方家长……”

“处了也有半年，家长都在本地，为什么不见？”

“小瑾说，再等等。”

西玄彻底放下碗筷，直视自己的发小兼乐队主唱：“你丫被下降头了吧？这个妹子肯定有问题！按照你和她的条件对比，她应该兴高采烈地拉着你去见父母，除非，有什么不可告人的秘密！”

“你别吓我。”

“我吓你有肉吃吗？今天我也必须正式警告，你应该和小瑾分手啦！”西玄拿出老母亲一般的语重心长，“咱们俩同岁，我儿子满地跑，你还没有一个正儿八经的女朋友，就这样混着，什么时候是尽头呢？”

麟可不敢顶嘴，闷头吃饭掩饰。

“每次说你，都是这德行！”

西玄把脚伸得远远的，上半身趴在餐桌上，把头靠近麟可，“恋爱结婚那是你的自由，你想多玩几年，我也不唠叨你。但是，小瑾对你的人生是不能加分的！不加分也行，她是女的，真心爱你，相夫教子。但如果这个女人虚情假意，影响你的事业，甚至耽误你的前途，我绝对不能坐视不管！”

“我只是谈个恋爱，没那么严重。”麟可虎着脸，不希望西玄再往下说。

“本来不能告诉你，这是纪律，但以我和你的关系不能不说，其实，你早就被盯住了！”西玄看四下没有熟人，依然把声音压低，“上周你休年假，总编室已经把你近两年的晚高峰节目全部调出来，安排专家组听评！”

“听评有什么可怕，我长期被听评。”

对于总编室特别是专家组的“挑刺”，麟可早就习惯。作为脱口秀主持人，这几年自己的每期节目都是在刀尖上行走，稍有偏差，就是一顿毫不客气的批评。写检讨是小儿科，要是触及“敏感”，别说一个词儿，哪怕是不合时宜的一个笑声或一个停顿，饭碗都可能不保。

但如果不调侃，不抨击呢，脱口秀节目又会像一潭死水，晚高峰收听率上不去，客户不投广告，频道的创收出现问题，大家的工资福利受影响，自己又落个“尸位素餐”的罪名。占着黄金时段的茅坑不拉黄金出来，也难逃“死”罪。

这个度，真心难以把握，所以说，做人难，做主持人更难！

“这次是动真格的，专门针对你的节目，换句话，专门针对你！”西玄看着自家还懵懵懂懂的傻兄弟，“不知哪个王八犊子给总台写信，狠狠告你一状，说你给某些广告客户过度的资源回报，造成国有资产流失，要查你的渎职或是贪腐问题！”

“我勒个去，我又不是当官的，我还渎职，还贪腐？国有资产流失这样的大帽子也给我戴上，这真是欲加之罪啊！老子一定要找出这个耗子变的，捏死他全家！”

麟可脖子上的青筋毕现，如果现在不是在几百人的大食堂，他会掀桌子。

“骂人不能解决问题，这件事据说是崔台主抓的，上周崔台专门到台里一趟，开了个秘密会议。说实话，本来他们也是背着我的，因为我和你的关系。但有人偷着告诉我啦……”

西玄把兄弟两人的餐盘收拾干净，拎起餐桌旁的一只“呆鸡”：“这里不是说话的地方，咱俩去咖啡厅。”

咖啡厅里没什么人，再次坐定，西玄这才能用正常的声音说话：

“所以我说，小瑾就是来害你的！其实我早就提醒过你，自从你认识她之后，对于声优传媒的客户就没有原则！”

麟可不敢回嘴，报复性地端起不加奶不加糖的美式咖啡，一口见底，似乎喝的是浇愁的烈酒。

西玄继续：“声优传媒的老板王子昂是从台里出去的，熟门熟路，不是个省油灯，在业内人尽皆知，早晚高峰的广告基本都是他家的。”

的确，麟可承认，早高峰先不说，目前自己主持的晚高峰《辣椒家族开心派》的一家冠名、三家特约客户，竟然都是声优代理客户投放的。

西玄接着展开：

声优传媒靠代理电台的广告资源，再转卖给客户赚差价。这你知道，声优就像一家批发商，先到电台批发广告时段，再分拆卖给客户。

它用刊例价的三折“拿货”，再按照台里的经营政策，按照刊例价五折“卖货”，看似只赚了两折的钱，其实猫腻还多着呢——比如，造一份假刊例抬高价格糊弄客户，在台里想方设法申请不要钱的赠送资源，标价之后再卖给客户。

或者，搞定你们这些主持人，让你们在节目中多讲讲客户的内容，再按照实际播出的时长找客户收费，这样赚得更多……

如果操作得当，声优传媒的毛利可以翻倍！

“但我，并没有收过声优的一分钱呀，台里可以查我！就算我偶尔为客户多说几句，发挥一下，也是为了台里能留住广告客户，毕竟现在媒体竞争这么激烈，我都是为了台里！”

“我知道。”西玄看着脸红脖子粗的麟可，“我完全相信你，如果没有小瑾之前，你这样说行得通，但是现在你的女朋友在声优，你就说不清楚啦！”

“小瑾，也没有拿到钱！”

西玄冷笑：“你了解那个所谓的小瑾吗？你知道她的老板背地里没有奖励她吗？甚至，你有没有想过，小瑾接近你的目的，也许就是让你为声优的客户放水！”

“我只是偶尔多说几句，额度不大……”麟可有点心虚。

西玄望着眼前的傻孩子，真不知道该拿他如何是好：“你以为额度不大，我可以告诉你，额度相当巨大，完全可以把你抓起来！”

麟可错愕，西玄给他算账：

晚高峰 15 秒广告的刊例价的均价是 3000 元，客户下单正常折扣五折就是 1500 元，声优按照三折“批发”，付给台里 900 元。你们每次为客户“发挥”就刹不住车，有时候甚至连续5分钟都在讲客户的内容！

其实声优只付给台里1分钟的钱，却可以在客户那边收5分钟的钱。

你自己算算，这样一期下来，台里要“流失”多少净收入？14400元呀！这半年来，25周，工作日每天一期，就算120期，总额也就是172.8万啊！

这还只是5分钟，你自己想想，每期两小时的节目中，你给客户多发挥的时间，不止5分钟吧！甚至还有几期节目，就把客户的产品作为主要话题植入整期节目。按理说，这些都要收费的，在刊例上，一期节目融入就是48000元……我都算不下去啦，你丫，拖上青红辣椒，就等着被你的小瑾害死吧！

“查我，是上周的事儿吗？”麟可已经有气无力。

西玄点头，“正是。”

“我们频道，有人知道吗？”麟可眼前晃动着那几个人影儿。

“起码总监、岷江都知道。”西玄不知道该如何安慰眼前的好友，但必须实话实说，“亚克力应该也知道，崔台分管电台，纪检向崔台汇报过，以亚克力和崔台的关系……”

“他们的关系，你也知道?！”麟可眼前发黑。

西玄拿出看待外星人的眼光：“你不是第一天到这个台里吧？请问在这里还有什么秘密呢？你没事都有人给你整出事儿来，更何况这么大的新闻，早就一传十，十传百。”

明白了，麟可彻底懂了！只休了一周年假啊，电台却暗流涌动，而自己正置身于最深的漩涡！周一早上到现在的种种奇怪现象，大部分都找到了答案……

“我，还能做点什么？”

麟可斜着身瘫在咖啡厅的沙发上，用S市本地方言问西玄，因为工作关系，他已经很少说方言，只在很特定的情况下才会说，比如手足无措。

“准备一下，等‘罪证’被人收集齐，台里正式找你时，起码有为自己开脱的理由……”

西玄也用本地方言回答，在外地人的耳中，这种方言像在吵架。

4

当晚的《辣椒家族开心派》呈现出完全没有过的画面：相信这一天 S 市每位开着车在回家路上的听众，都会惊得目瞪口呆。

青辣椒和红辣椒，竟然吵起来啦！

当然，这两位美女加资深主播极度克制，但彼此的针锋相对和极尽能事的挖苦，还是让听众大开眼界。

原来，红辣椒整过容，做过假牙，傍过大款，当过小三儿，现在还有一大堆男朋友！

青辣椒是标准的“时尚女性”、大胃王吃货，和红辣椒是“塑料姐妹花”，爱传小话，还专门喜欢在背后搞手脚、挖墙脚！

我的天！

这是为了节目效果吗？为了收听率吗？那主播们看来是玩命了。

可怜的是“擂辣椒”麟可，夹在两位辣椒中间。辣椒互呛，可只要他一开口，两女马上一起挤对他，搞得男主播十分狼狈！

这场用“播音腔”开打的群架，最终创造了节目开播以来收听率的最高峰，特别是前一小时，在网络上由本地的自媒体达人截取的节目音频，迅速传播，几小时的工夫，点击量就破了百万。

这场脱口秀之后，青红辣椒红遍网络，各种段子和表情包横飞，当然，此刻麟可毫不知情，也顾不上这些后话。他正烦恼着如果再吵下去，事态究竟会发展成什么样子，难道7年前的噩梦又要重演吗?!

不，绝对不能!

为了保住两位搭档的饭碗，麟可只能使出全部功力，为两位辣椒的大尺度互怼，擦着屁股，拼命往正常的节目状态上拉。

好不容易熬过去一小时，时间来到18:00，整点报时、气象预报、路况信息和广告时段差不多有9分钟，麟可终于爆发，在导播间怒吼两位辣椒!

当值导播把情况立刻反映给频道今天的值班领导岷江。几分钟后，电台总值班、副台长兼总编室主任也怒气冲冲出现在导播间。

“你们想不想干了?!”

副台长指着这三位主播，灭了他们的念头都有，“不想干，现在马上滚蛋!”

“什么情况，搞什么名堂?!”岷江也难得拉下脸来。

“老板，我们是正常调侃，按照稿子来的。”

红辣椒抛个很艺术的媚眼，没有一丝轻浮的姿态，再摇摇梳起来的丸子头，就像清纯的邻家小妹。

“是呀。”见领导到场，知道惹祸，青辣椒也赶快卖萌，发挥一贯的嬉皮笑脸，“这是节目效果，本期的话题是‘互黑’，现在年轻人喜欢，我们也是为了迎合这部分受众……”

“迎合受众，纯属胡闹!”副台长吹胡子瞪眼，“你们都是台里的绝对骨干，是精英中的精英，这么出格的事情也做得出来，实在超出想象!台里一定会处理!但节目正在直播，临时也找不到替你们的人，接下来给我‘正常’回来，不用再‘迎合’任何人，否则……”

导播打断副台长，示意主持人应该归位，广告马上就要播完，三人赶忙灰溜溜“滚回”直播间。在两位领导恶狠狠的监视下，接下来的节目画风大变，终于恢复往常的状态。

这该死的两小时，终于熬到尽头……

结束《辣椒家族开心派》直播，麟可借口准备《零点敲敲门》，脚底抹油，赶快溜走。

青红辣椒被岷江“请”进办公室，三个人关起门，里面先是很安静，不久竟然响起青辣椒那招牌式的，极其美妙的，也可以说感染力十足的魔性笑声。然后是红辣椒婉转的“咯咯咯”，最后，竟然是岷江的笑声。

看来，没事啦！

麟可走进湿热的晚风里，号称“媒体艺术之都”的羊栏山呈现出白天无法体味的绚烂。在那栋著名的一脚高一脚低的建筑物前方，夏日灯光秀正吸引着一波又一波粉丝和游客。他们或驻足欣赏，或缓步挪移，透过镜头和眼睛，在饱餐了各家的晚饭后，又来品尝这道光影大餐。

晚餐，好歹随便吃点吧！

男主播来到电台旁边传媒路上的西北拉面馆，点上一张葱油饼，一份凉拌土豆丝，还没吃就开始打嗝。

人不是吃饭的机器，不是想吃就能咽得下！麟可没胃口，胸口堵得满当当的，深深的疲惫感黏腻地附着全身，就像青辣椒不合时宜的“表白”。

拿起被烫得变形的劣质塑料杯，抿一口热水，麟可摸出手机，忍不住又拨打小瑾的手机——竟然还是通的，只是依然没人接。

这次，麟可没有再绝命连环 CALL，而是轻轻锁住屏幕，放回黑色紧身速干裤的口袋。

通的，却不接，肯定是故意的。

手机待机这么久，不可能没充电。

麟可突然想骂人，不就是手指上有个伤疤嘛，多大一点事儿啊，还值得背着包抬屁股就走，再也不理人！

没意思了，真的……

想到这里，头顶的伤口传来一阵疼痛，这痛直通心脏，麟可开始大口吃饼。

5

午夜节目中，麟可不想多说话，今夜他想听听歌。

看似光鲜亮丽的职业啊，却有外人无法理解的无奈！当你说话的时候，很多人都在听你说，这是一种幸福。但是如果你不想说话呢？甚至一个字都不想说，你只想静静，可话筒却杵在你的嘴边，你不得不说。

麟可咬着右手食指的第一段指节，不断用力，再用力，直到出现两排清晰的牙印。

好在大师芥川龙之介的《罗生门》篇幅不长，前一小时还能播放三首歌。男主播打开曲库，充分利用自己为数不多，独属于主播的点歌权——

第一首歌，麟可毫不犹豫地选择了张国荣的《为你钟情》。

当世界上音质最好的耳机中传出那熟悉的旋律，“哥哥”轻吟缓唱，男主播瞬间泪崩。

好想再听一遍，但这里不是练歌房。

第二首歌，麟可播放的是张信哲的《我是真的》，第三首则必须是，也只能是吕方的《老情歌》，这是不需要解释的。

歌声中，麟可把椅子转向落地窗的方向，面对着临近午夜却依然不肯入睡的九一大道和千家丽高架桥，用手指默默勾去脸颊上不断滑下来的眼泪。

这眼泪让麟可确认，自己并不是活在电波里的一种生物。这种生物按照台本生活，训练喉咙和舌头发出最好听的声音，假扮出各种喜怒哀乐，实际上却没心没肺，没情没爱，如同木偶或者行尸走肉。

我是人，活生生的人啊！

《七日》故事继续深入发展，换上 Ludovico Einaudi 的《Primavera》做背景音乐，这三个单词麟可都不会读，但不影响他选择它。这位伟大的音乐家和这首少有人知的曲子，在当地时间凌晨一点至一点半在某国的搜索引擎上出现一波小高潮，谁也不知道发生了什么。

麟可也不知道，此刻他正全神贯注地看着手中的稿子，缓缓讲述——

锯木厂发现的女尸，被警方带回，法医根据肝温判定的死亡时间是当日下午 3 点半，正是傍晚那场暴雨前的半小时。

尸体口中和身上的血液证实都是她自己的，死者在 6 小时之内刚拔过牙，覆盖在创面上的血凝块由于颈部遭受巨大的压力被冲开，导致出血。

案发第一现场，并不是锯木厂仓库，已经得到法证的证实。换句话说，死者是在其他地方被人杀害，再被搬运到这里，用木屑埋起来，随身物品被丢弃到附近的水塘里。

尸体周围的脚印杂乱，不过，将发现尸体的男孩儿和小狗的脚印去掉之后，却只留下一种新鲜的鞋印——这是属于 42 码的胶底鞋，花纹呈菱格状，暂时还不能确定具体的品牌和鞋型。

从脚印的深浅和着力点来看，受害者是被人背着走进仓库，再放置在仓库最里面的角落里。

这场暴雨确实恼人，把仓库外面的坪场上凶手可能留下的车辆线索，冲刷得无影无踪。然而，仓库内尸体的周围又十分干爽，42码鞋印中没有任何雨水，这证明尸体是在暴雨来临之前被运过来的。

仓库的铁门没有被撬开的痕迹，铁栅栏的缺口缝隙可以容纳小孩儿通过，但成人没办法钻进来。

尸体没有抛丢的痕迹，应该也不是像小狗那样，从木头堆沿着矮墙“跳”进来——

所以，只有一条通道可以让凶手带着受害人进入锯木厂，那就是一把铁锁锁住的大门！

警方再细看这把大锁，果然发现锈迹斑驳之下，有新使用过的痕迹。

锯木厂的老板从外地赶过来，接受警方询问。

这位一身油腻工作服的中年男人自述，锯木厂早在一年多前就卖给了一位老乡。据说老乡前几天刚和物流中心签好合同，未来成为其扩建的二期工程。工人已经就地遣散，他本人也已一年没到S市来。

至于女受害者，他不认识，当日也有十分充足的不在场证明。

铁门的大锁，原锯木厂老板仔细辨认一通，竟然还是原来的锁头。至于谁有钥匙嘛，那就说不清啦，自己，新老板，原来的工人们，新老板的手下们……

这种锁的钥匙配起来特别方便，路边小摊就能完成，调查这个钥匙估计没什么意义。

甚至如果有开锁的技术，只靠一根铁丝也能轻松打开，并且，锁上之后，锁还是完好的。

由于之前锯木厂24小时有人做工，仓库门口也有人守着，坪场里只是堆一些杂物，所以就没重视大门这把锁。

锯木厂的新主人很快也被警方找来，果然和原老板的说法一致，他们是老乡关系，他也不认识受害者，也有明确的不在场证明。

人，看来不是这两位老板杀的，也不是他们把尸体搬运到锯木厂仓库里的。

锯木厂，可以被认定为暂放尸体的中转站。

看起来，情况可能是这样的：由于天降暴雨，正在处理尸体的凶手，慌不择路，便把尸体暂时安置在没人看守的废弃厂房，想等雨停了，再来处理。

可惜，还没等他回来，男孩儿和小狗已经先到一步，引来警察。

看来，目前的调查方向暂时走进死胡同，警方准备掉转船头，向另一个方向进发……

今夜，依然是小泠做导播，这次两人还是没有交集。麟可上节目进直播间时，他恰好又不在座位上，手机倒扣着，可能又去了洗手间。

等麟可坐定，拿起直播用的稿子，才用眼睛的余光看到小泠坐回位置。

直播的两小时，麟可忍住口渴，没有走出直播间，也尽量不抬头，就是为了避免四目相对的尴尬。

可面对面的两人，怎么可能完全不对视呢?!

第一次对视是麟可放音乐时，眼神不小心瞥向小泠，那一刻的感伤油然而生，因为这三首歌都是当年自己和小泠最喜欢的!

而自己也无数次在节目中播出，并与导播间的兄弟小泠一起隔空大声歌唱!

这样说可能会让人误会，也可能会让人起鸡皮疙瘩——但是，小冷啊，他曾经是麟可在这个世界上最爱的人之一啊！

往事不可追，歌相同，人相同，情不在，怎么能不让人唏嘘感慨……

第二次对视是麟可播到《七日》，发觉小冷正用奇怪的眼神紧盯自己，这眼神配合午夜的杀人故事，让麟可不寒而栗！

两小时不知不觉过去，00:58分，是时候与所有还守在收音机旁的听众道声“晚安”。

麟可温和地问候、祝福，预告明天的播出内容，这才把背景音乐推大，等这曲子播完淡出，就会进入整点广告……

刻板又完美的操作，麟可苦笑，抬起屁股，准备走出直播间，去面对那个不得不面对的人。却在突然之间，发现自己手拿的稿子上，有个浅浅的痕迹。

这痕迹像碰倒的钢笔墨水，明显不是打印出来的，而是什么人手工画上的。细看之下，麟可不由大惊失色——这痕迹竟然是个符号，而这个符号那么熟悉，与小瑾的刺青一模一样！

麟可冲出直播室，导播不在座位，系统开始播放广告……

凌晨两点半，路上几乎没有行人，渣土车和大货车从魂不守舍的“鱼叉子”身旁呼啸而过，白天它们都不准进城。

好不容易强打精神回到父母家楼下，麟可把车子停好，没有立刻上楼，而是抬头望着这栋有些年月的七层楼房。

楼是老款的，像摩托罗拉或诺基亚，当年也曾经时髦风光，如今在世人眼里却全然变了模样：阳台又小又窄，被各种形状的防盗网封住，看上去毫无章法、愚蠢可笑。

八株杜英和八株香樟把小楼团团围住，树冠已经接近楼顶，不少枝丫钻进住户的窗子，每家每户就像装上了绿色的天然窗帘。

此时树影遮蔽，整座楼安稳得像位摇篮里的老者，家家户户都已经入睡。只有自家客厅还有一丝浅黄，那是爸爸常年养成的习惯，给晚归的儿子，留一盏门厅的小灯。

四楼那位今年高考的孩子也关上了台灯，周末偶尔能看到他，拖沓着脚步，跟在衣着浮夸的单身妈妈身后，拧着眉头，年纪轻轻却有种老态龙钟的味道。

麟可的父母都是老城区的原住民，本来是邻居，却谈上恋爱结婚生崽。爷爷家和外公家的老屋拆迁，一并就近安置，分到一间大屋，一晃正好30年。

在麟可的记忆里，家一直在这儿。

从没有门的楼道跑进去，沿着银色的铁栏杆扶手爬上四楼，右边就是自己的家。父母很早就不上班，甚至在儿子的印象中，他们就没工作过。两人早上打太极，然后一起去菜场买菜。楼下有家米粉店，还有一家麻将馆，都是老邻居们开的。麟可常看到父母背对背，各坐一桌，玩得欢实。

父母的生活简单，个性也如此，在家里不爱念叨，脸上总是笑容，凡事都尽量随着麟可的意愿。当然，有这样帅气出众的儿子，从小乖巧伶俐，特别心疼孝顺长辈，长大成为电台的著名主播，父母早就满足至极。

唯一的问题是，除了定期帮忙打扫卫生，拾掇院子里的花草，他们不想跟麟可搬到别墅去，还是愿意住在从小长大的这方圆半公里的地界，吃着楼顶种的小菜，肩并肩去云麓山打太极，背靠背玩着小麻将。

爸妈隔三差五坐上两小时的公交车，去广电附近儿子的家里，每次回来都感叹好像出了一趟远门。

麟可的家，就被父母定格在主城区的这栋小楼里。

一年四季推开门，最常见的情景就是：高大的爸爸系着围裙，在不算宽敞的厨房里煎炒烹炸。板栗土鸡或香菇排骨在高压锅里炖煮，小小的阀门热闹地打着转转，空气中是难以形容的奇香。

身形娇小的妈妈见儿子进门，赶忙放下手里的遥控器，高兴地接过崽的背包，熨帖地放回他的房间。再跑到厨房，从老公的胳膊肘钻过去，用带着蓝色花纹的瓷碗，盛满凉瓜黄豆汤或花生猪脚汤，给平日里辛苦的乖儿子先来上一碗。

看儿子喝汤的同时，妈妈也给爸爸盛一碗。爸爸用围裙擦擦手，接过碗，喝上一大口之后又递给自己的媳妇儿，妈妈也喝一口，两人便相视一笑。

想到这里，麟可的眼睛湿了。

外面世界的所有精彩，在家的面前都变得那么不真实，不值一提。而所有的委屈和无奈，在临进家门的这一刻，也再不能吞咽下去。

蹲在地上，对着自家客厅的黄色小灯，男主播哭出声来……

Day 3　第三天

周四，多云转阵雨

1

今早，父母没去打太极，麟可不是被闹钟，而是被满屋子的香味唤醒。

厨房传来细小的声音，锅碗相撞，砧板切菜，筷子搅蛋，偶尔还有压低声音的交谈。

掀开被子，麟可好半晌才说服疲倦的身体，离开软乎乎的单人床。

伤口已经不怎么疼，毕竟是年轻人，睡一觉或洗个澡，大病也会好一半。多年来养成报喜不报忧的习惯，麟可不打算把这点小伤告诉父母，让他们白白担心，甚至伤心难过。

穿着印有芝麻街的大号卡通T恤，趿着带小熊图案的拖鞋，歪歪地戴着前天跟同事借的帽子，咧开嘴打着哈欠，麟可走进客厅。正在看电视的妈妈赶快站起来，笑盈盈地来到他身边，手臂环住他的腰，抬起头看着比自己高一大截儿的儿子。

“起来啦，乖崽儿！”

“嗯。”麟可抱抱妈妈，还是把她轻轻推开，揉揉眼睛走进洗手间，再出来时，喉咙里的痰也一并清理干净。

“在家戴帽子干吗？”

“耍帅呗！”

麟可挤挤眼睛，他太知道该怎么糊弄生性单纯的父母。果然，他们不再追问。

看餐桌，已经摆满盆盆碟碟，父母两人像交织的燕子，一高一矮，一趟趟轮流从厨房端出早餐。

“快吃吧。”妈妈把汤匙放进麟可面前的瓷碗里，这是一碗材料扎实的竹荪汤。

“今天怎么不去爬山？”儿子边喝汤边问。

“你太辛苦啦，天天这么累，披星戴月的，早上我们得给你弄口吃的。”

“我没事。”暖意和汤水一起流进麟可的身体。

“有没有事，我们知道。”

爸爸放下筷子，看着著名电台主播，自己和爱人唯一的孩子，现在身高已经超过自己。

“我们不吵你，早上你吃完就去上班，想吃什么告诉你妈。”

爸爸没给麟可夹菜，他知道儿子不喜欢夹来夹去，但还是把盛着芦笋虾的盘子往他面前推推。

“都挺好的，你们做的我都喜欢吃。”

麟可伸手又要一碗汤，妈妈连跑带颠地给他盛过来。

“新节目，挺不错。”爸爸也快活地吃饭，“我和你妈都听了，我们怕睡过头，每晚都定闹钟……”

“听那个干吗？那么晚，你们应该好好睡觉！”麟可嗔怪。

“我儿子都没睡呢，在工作，我们怎么睡得着？”

妈妈夹起一个热乎乎的红豆花卷，本想放在自己碗里，犹豫一下还是递给儿子，麟可接下来，自然地咬一口。

“咱家没钱，但也够花，你别那么累。”爸爸冷不防冒出一句。

“是呀，以后咱们不出国玩，太费钱。我们不花钱，你也不用那么辛苦去赚。”妈妈也在一旁说道。

麟可没吱声，闷头吃着清炒四角豆。爸爸给妈妈使个眼色，妈妈掏出一张银行卡，放在桌上。

“儿子，如果有一天，你想换个工作，爸妈会支持你。”

“现在的工作，挺好的。”麟可微微叹气。

“好不好，我们知道。”爸爸望着满脸疲倦的儿子，他已经长出一对眼袋，“你爷爷家、外公家的老房子全部拆迁完，补贴了不少钱，都给你，以后你不用这么辛苦。”

“年轻人这样不算累，我能调节好，你们别担心。”

麟可望着眼前的父母，声音柔柔的，没有接卡的意思。

“乖崽儿，爸妈养你这样的儿子，是一辈子的福气。”妈妈的眼睛突然红了，“要是在外面受什么欺负，咱们也不会打架，你就回家来，爸妈给你做好吃的。”

这一句话，突然戳中麟可的泪点，他再也掩饰不了，大颗眼泪流进汤里……

饭后，男主播准备上班，妈妈又递过来两个洗净的水蜜桃，让他带到台里吃。

“很甜，别人送的。”

“谁送的？”麟可背上包，坐在门口的鞋凳上换鞋。

“就是那位新搬来的邻居。”爸爸洗完碗从厨房走出来，“吴总，三楼的，你的粉丝！”

“人真挺好的，昨晚给送来的大桃子。”妈妈补充。

麟可想起那人，犹豫一下，把水蜜桃从包里拿出来，放回桌子上……

8：30，早高峰节目，亚克力已经上阵。在麟可眼中，他就像草原上的斑鬣狗，一直卑鄙地等待机会，早就迫不及待地想占据这片土地上的“C位”。

“电台一哥”想把收音机狠狠按掉，让这令他厌恶的，教科书般标准的，头腔共鸣产生的“播音腔”从耳膜里彻底拔除！可静默几分钟后，还是重新打开FM，边开车边听，一字一句仔细琢磨。

应该向亚克力虚心学习！此人确有独到之处。

首先，他很用心，看得出早高峰这90分钟的每句话，每个互动环节，每个新闻资讯穿插，每个广告客户植入，都经过他的深思熟虑。

今天的话题是高考结束之后的爱心活动“一帮一助学”，从寒门学子的自强不息，到爱心企业的无私支持，再到多年来始终坚持助学的普通市民访谈，整体听下来，如行云流水，润物无声，却感人至深。

其次，亚克力的声线条件实在出众，车厢里听他的声音，就像自带一对“低音炮”，从细胞里感觉舒坦，很难不被他的声音圈粉。麟可不得不承认，和自己经常显示出的草根“聒噪”相比，亚克力更像一位教养深厚的贵族公子。

最后，更重要的是，亚克力有超乎常人的绝活——据说他能娴熟使用5门外语，能听懂近10门语言，这和他从中学开始就出国留学的经历有关。

当然，一个“海龟”会几门外语也没什么大不了，这里不乏吹牛的成分，毕竟不少人只会说“你好”、“谢谢”和“再见”，就敢大言不惭地宣布自己“会”一门外语。所以，估计亚克力的5门或10门外语，水分也不小。

可让人惊诧的是，亚克力确实有过人的语言模仿天赋，特别是方言！

F省地处本国的南方，这里的人并不说普通话，方言种类十分丰富，真正是“十里不同音”。而且，F省的方言号称世界上最难懂的方言，“二战”期间曾经作为传递军方信息的暗号，把敌人搞得云里雾里。

亚克力是S市人，却能模仿F省绝大多数方言，并且惟妙惟肖！这个绝活拉近了主持人与各地区听众的距离，粉丝数量噌噌往上涨……

2

麟可像被草原上爱吃腐肉的斑鬣狗抢占地盘的花豹子一样，夹着尾巴，带着丢失的骄傲走进电台大楼。

门禁刷脸时，由于帽子遮挡，几刷不过。麟可索性把帽子彻底一掀，露出纱布和被帽子挤压变形的头发——

就这么着吧，爱谁谁！

电梯里，麟可故意缩进角落，一反常态地不和任何人打招呼，只是低头看手机。

说来也怪，往常同事们争先恐后打招呼的电台红人，今天却被集体视为空气。甚至特别熟悉的同事，也仿佛没看到这位身高186厘米的大帅哥。

麟可听到有人好像“故意”当着他的面在说，亚克力今早的“首秀”如何精彩，自己等下要到小程序上回听云云。心里纠结得厉害，脸上还不能表现出来，好在自己只到五楼，“一哥”虎着脸快步从电梯里抽身出来，来到空荡荡的走廊。

窒息，没有空气。

用力把衣领子扯开一个口子，男主播站在电台大楼巨大的落地幕墙旁边，遥望着车流不息的九一大道。从这个角度看来，大道上的汽车和甲虫差不多大，蓝色的车牌上面写着数字，这是每辆车子独一无二的身份信息。

车牌，和自己的职业息息相关，麟可所在的频道就是以交通和路况信息起家，并成为F省广播行业中的绝对霸主。这个霸主可不一般，占据了市场70%的份额，也就是说，F省其他全部广播频道的市场收听份额相加在一起，还不足这个频道的一半。

每天的节目中，麟可都会报出S市各区域的路况和F省的高速公路拥堵情况，还会经常插播曝光“不文明”行为的环节——

什么随意变道不打转向灯啦，什么往车窗外抛丢杂物啦，什么高速上乱停车啦，等等。这时候，麟可就会不留情面地报出对方的车牌，并且反复强调三次，再补上自己的批评或调侃。

他深知这样做的后果，这台车子今天行在路上，会受到各种白眼，甚至有人会鸣笛或故意别车。稍晚一点，交警部门的处罚通知也会发到车主的手机上，而这位司机也会恨自己入骨。

但麟可一直坚信，自己在做一件无比正义的事情，这是覆盖天地的这张FM网络——国有资产管理赋予自己的权力和神圣使命！可此刻，望着窗外这一排排平稳行进的小虫，一直占据道德审判高地的麟可，却有些动摇了……

等心情慢慢平复，男主播这才缓缓走到自己的办公区。

频道综合管理部主任Up姐正坐在麟可的座位上，双腿荡来荡去，见他走过来，快速跳起来。

“鬼崽子，怎么回事，你的手机干吗不接?!”

麟可掏出来一看，果然，Up姐从半小时之前打了十几个，自己没听到。

“开车调静音，姐有什么最高指示?”

“我不敢指示你，今天别贫嘴，会议室有人等你！”

“谁?”麟可纳闷，什么重量级的粉丝来台要签名，这么早，而且是Up姐亲自出马接待，还不准贫嘴，难不成又是崔台的亲戚?!

男主播用鼻子“哼”一声，崔台，那个胖胖的男人，总是满脸假笑的男人。

“你去看看就知道。”Up 姐帮麟可把双肩包从肩膀上取下来，顺路检查一下伤口包扎情况，把翘起来的胶布重新加固，“总监和岷总也在路上，等下在会议室和你们一起开会。”

“还惊动了老板？”麟可心里咯噔一下，突然想起西玄的提醒，不由担心起来。

会议室里，茶已经泡好，三位穿着制服的警官一字排开，后背笔挺地坐在会议桌旁。见麟可进来，同时站起来。

“这就是麟可。”Up 姐两边介绍，“S 市警署 KF 辖区的警官们。”

麟可与警官逐一握手，礼貌地征得对方同意，也端正地坐在会议桌的对面，脸上却写着不解——难不成自己的“案件”竟然惊动警方，台里已经报警，今天要把自己抓走?!

“麟可老师，看到您的真身很荣幸，其实我是您的忠实粉丝，天天都听您的节目。”带头的警官满脸笑意，看起来四十岁左右。

“我也是，麟可老师，我是听着您的节目长大，初中就开始。”另一位二十出头的年轻警官，努力掩饰自己见到偶像的激动。

“谢谢，谢谢！”麟可双手合十，赶忙起身，用娴熟的外交辞令回答，“感谢你们对我的支持，我会更加努力。”

“是这样，今天我们过来，想找您了解一些情况。”

带头的警官自报家门，姓效，效警官。其他两位警官也报上姓氏，因为激动，说得又快又含糊，麟可没听清，只能假装听清。

“请讲。”

麟可的心一紧，完了，正题来了。

“您是从本周一开始，主持午夜的新节目，叫《零点敲敲门》吧？”

午夜节目？这里没有广告植入，应该不会抓人，麟可点头。

“午夜之后，您就讲一个叫《七日》的故事吧？”

麟可不明就里，只能继续“啄米”，“是的，这是一个七天讲完的推理小说，目前播出两天。”

效警官终于不再绕弯子，直奔主题：

广播里的故事应该都是虚构的，但让我们震惊的是，咱们S市刚发生了一件和您播讲的小说，情节十分类似的案件！从前两集来看，不能说100%一致，但很多关键信息都八九不离十。

比如，女尸，池塘里被丢弃的背包……

“昨天看到新闻，我也觉得纳闷！但新闻里只有几句话，我不知道竟然有这么像。”麟可掏出手机，找出这条新闻，展示给效警官。

“是的，这是我们的新闻通稿。”效警官看一眼，把手机还给男主播，“如果只是这些信息，我们还能勉强认为是巧合，但‘锯木厂仓库’这个地点，就实在不能用巧合来解释！”

“锯木厂仓库，什么东东？”Up姐插话，看她的表情，《零点敲敲门》她没听过。

“那小男孩儿和柯基犬呢？”麟可感觉后背发麻。

“您就好像在事发现场一样，所讲的内容和发现尸体时的细节几乎一致。”

“这，不可能吧！”麟可差点从椅子上弹跳起来，“故事都是假的，怎么会和现实中的案件这么像？”

“其实，周一午夜，您播完第一期节目，警方就已经听到，虽然极其诧异，但我们没有打扰您。我们的最初怀疑是，警署内部有人走漏消息给媒体。”

麟可沉思，没有接话。

“但昨晚，您讲的细节，又让我们大吃一惊！这些信息，都是我们白天刚刚获得的，以防走漏消息，警署只有特定的几个人才知道。”

效警官指着自己的同事，“包括这两位警官在内，我们可以确认，这次绝对没人把侦破案件的细节告知媒体！”

“可是？”

“对，可是，您在节目中提到的锯木厂转让，铁门门锁，又和现实中的情节不谋而合。”

麟可这下子也懵了。

“所以，现在警方一方面要破解杀人案件，一方面要搞清楚您这边的问题。究竟是警署走漏消息，还是推理小说中经常出现的模仿犯罪，或另有内情？”

“应该还是走漏消息吧。”麟可强迫自己恢复冷静，“节目的播出时间是 23：00–01：00，《七日》的播出时间是 00：00–01：00，白天发生在警署的破案细节，完全有时间形成稿子，在晚间播出。”

“那也不对。”

效警官回身指指一直坐在会议室里，听得有滋有味的 Up 姐，“刚才在您来之前，我们已经从向上主任这里了解到，您在午夜播出的稿子，不是在上节目的时候才看到，而是在下午 5 点钟，经过频道负责人的逐级审核，才发到您的邮箱。也就是说，这些稿子在下午 5 点前就已经成稿。”

麟可认同，“确实，我每天都是在傍晚收到稿子，可我要准备晚高峰的《辣椒家族开心派》直播，没有时间看《零点敲敲门》的稿子，只能等晚上 7 点下节目，再打开邮箱。”

“所以不可能是走漏了消息，而且昨天下午我们才找到锯木厂的原主人和新主人问话，结束时已经是下午 4 点。这么短的时间，是不可能写出这么长的稿子的。”

说完这席话，效警官请麟可展示企业邮箱，果然，周二下午的 16：58，和周三下午的 16：49，男主播的邮箱中，分别收到岷江和总监审核通过的《零点敲敲门》稿子。这两人的审核时间，加在一起都只有几分钟。

再比对内容，和麟可在节目中播出的内容一模一样，这下，大家都说不出话来。

“请问，《七日》的作者是谁？”效警官终于问到这个最关键的问题。

“是子鱼！我们电台一位推理小说作家，就是《国民大饭店》系列的作者。”Up 姐抢着回答。

“我看过这本书，原来她在这里上班呀！”听着麟可节目“长大”的小警官又开始露出追星时特有的兴奋，“她的每本推理小说我都有呢……”

“但凭我对她的了解，她不会有问题。”男主播赶快补充。

“主任，请问子鱼在台里吗？可以请她过来一下吗？”效警官求助 Up 姐。

综合管理部以干练闻名全台的 Up 姐拨通手机，几句话之后回复警官：“实在抱歉，子鱼现在不在台里，从本周开始休年假。”

“能联系上她吗？我们想和她通话。”

Up 姐又拨号码，好半天后摇头：“不行，一直关机。”

正说话间，女主任的手机响了，她接起电话，一阵嗯嗯呀呀，放下电话向警官汇报：

“子鱼老师曾在我频道工作，几年前调到台属产业公司担任副总。公司办公室主任刚才打给我，补充一下，子鱼老师已经出国。鉴于时差问题，产业公司的报告流程临时修改，所有的审批暂时不经过她。也就是说，除非她主动联系台里，我们很难联系上她……”

谈话进行到这儿，效警官却没有告辞的意思。看来，他在等频道的总监和节目部主任过来，看这两位有什么新线索可以提供。

3

美女总监和岷江不知从什么地方一起回到台里，快步走进会议室，气氛顿时不一样。

不得不说，领导的气场就是强大。女总监坐在自己每周开会的固定位置，有种君临天下的霸气。综合管理部的小妹马上连跑带颠地端上她的限量版杯子，里面沏满她喜爱的红茶。

岷江也坐在平日的位置上，眼前的茶杯被小妹细心摆好，一掀盖，看得出是这段时间他为了保护视力而准备的绿茶。

警官们的茶水被重新换上，这次用的是洗得干净带频道LOGO的瓷杯子。从茶汤的色泽和入口的滋味就知道，茶叶和早上的不是一个等级。

在这个频道，机构作风浓郁，上下等级森严，总监拥有绝对权威，甚至可以对抗总台的某些决策。当然，此人情商极高，对上对下自有一套游龙戏凤的办法。所以这里完全不像媒体单位，倒像旧时衙门，一众人等在“老板”面前大气都不敢哈——当然，也不是所有部门和频道都如此，这还是由领导者的“自我认知”决定的。

效警官把来意重复了一遍，两位频道大佬皱起眉头。

“稿子，不会有问题。”女总监语气柔和，“是我们台里作家的原创，她也是一位中层干部，在重要岗位工作过，不会犯原则错误。”

“这不是原则问题。”效警官把紧张的后腰靠在舒适的椅背上，“这可能涉及犯罪问题。”

岷江咳嗽一声，女总监没看他。

“她，不可能杀人。我和她是十几年的老同事，知根知底，她没有杀人动机。”

“但她怎么能知道这些警方才知道的细节呢？”

“这个我们确实不清楚。”女总监一副如实回答的表情。

“《七日》的稿子您都有吗？可以给我们看看后面的内容吗？”

女总监大气地一摊手：

我们目前也只有播出的两期稿子，子鱼老师按照约定，会在每天的下午5点前将稿子发到频道节目编辑的邮箱。编辑找一篇世界知名短篇小说，按照播出时长进行修剪，两篇稿子一并发到岷总的邮箱。

岷总审核完毕发给我，我看完没发现问题，就会输入“同意”，再转发回去。节目编辑再发到导播和主持人的邮箱，这就是常规流程。

“请问？”

频道常务副总监，原著名主持人岷江老师插话，洪亮的嗓音带着亲和力，瞬间征服警官们的耳朵。话说和这些专家级、教授级的播音艺术家一起工作，最大的福利就是耳朵享福，“警方是希望我们立刻停播这档节目，还是？”

效警官赶忙摆手：“这还不至于，不过我们有几个请求，希望贵台、贵频道给予大力配合。”

会议室里的所有媒体人，不管名声在外，还是威望在内，一起频频点头——这还用请求，警方“吩咐”就行，现在牵扯杀人案件，谁敢不配合破案呢？

效警官适度地摆出警方威严，正色道：

第一，请把《七日》作者的手机号码和邮箱地址提供给警方，等下，我们就会对她留在台里的个人物品进行检查。

从现在起，任何人不要与“子鱼老师”主动联系，更不能把今天警方来台的任何细节透露给她，我们马上就监控她的所有通信方式。

第二，今天下午5点，收到作者发来的稿子就第一时间发给警方。

当然，我们已经监控了她的邮箱。至于今晚是不是按稿子播出，由警方决定，请不要擅作主张。

第三，暂时不能节外生枝，也不能打草惊蛇，今天我们来台的详细情况，仅限这间会议室里的相关人员知晓，不允许传播，家人亲友都不成，更不能通过互联网传播！这点非常非常重要，我要强调，出现问题，要追究法律责任！

第四，如果大家想到或发现任何与本案有关的线索，请马上联系我本人。

……

散会，麟可内心五味杂陈，想回到座位醒醒神，却被效警官拦下："有小会议室吗？我们单独聊聊。"

男主播带着警官来到五楼一角的小房间，这里原来是母婴室，现在台里生二胎的女职工太多，工会另外寻摸大房间安置，这里就改成频道节目部的小会议室。百叶窗拉下来，外面看不清里面，效警官和麟可两人坐定。

"其实，我们今天来找您，还有一个重要原因。"效警官压低声音，"我们故意没有在众人面前询问，是怕给您带来不必要的麻烦，毕竟这是您的工作单位，人际关系复杂，我懂。"

麟可一头雾水，但还是对警官体贴表示感谢。

"不过，这个秘密也保守不了几小时，或者马上大家都会知道。"效警官说话实在难懂，"我们已经通知你们总台的台办，等下就会去二楼调查。"

"二楼?！"麟可的脑袋嗡一声，"小瑾！难道说？……"

其实刚才他一直在犹豫，是不是把女友失踪的事情告知警方，顺路一并调查，可正好这工夫总监他们走进会议室，自己就把话咽下了。

"看来，您还是知情的。"效警官的脸色暗沉下来，"这几天，您给她打了很多电话，甚至最后一通电话，就是您打的！"

"最后，我打的?！"

麟可瞬间瘫软下来，只感觉鼻孔呼出来的气都是冷的。他怕警官再说下去，那结果自己实在无法承受，可内心又渴望知道真相，“她，真的死了？”

效警官叹息，是的，她就是死者。

这晴天霹雳，足以把麟可击得粉身碎骨。

是的，在众人眼中，小瑾配不上自己，自己被她“连累”，甚至是有意陷害，马上就会有大麻烦降临。但，那是一条鲜活的人命啊！

是这段时间让自己心动的女孩儿，是他认识的所有女孩儿中，最像自家妈妈的女孩儿！

麟可深知自己为什么喜欢小瑾，只是不想告诉他人，怕别人笑他有“恋母”情结或者是一位长不大的“巨婴”。小瑾会煲汤，喜欢蜷缩在自己的手肘旁，开心的时候就在胳膊窝下面钻过去，像一只娇小的猫咪。

在这个热闹甚至嘈杂的行业待得越久，男主播越向往父母的爱情：

两个人不用那么多话，整天唠叨不停，也不会因为深知对方善于语言技巧，就整天彼此揣摩话里话外的潜台词——那样的生活实在太累啦！太累啦！太累啦！

安安静静地一起平淡生活，想说话时轻声聊聊，不想说话时相对笑笑，这就是麟可最希望得到的。所以，不善言辞甚至略显木讷的小瑾，才正得自己的心意。

可现在，小瑾死了，所有的希望，也没了。

“警署没有明文规定询问证人时必须通知他的所在单位，所以我决定和您单独谈谈，毕竟，您是我的偶像……”效警官非常真诚，双手摊开放在桌上，“警察也是人，这么多年我听您的节目，虽然没见过真人，但我确信您不会杀人！当然这样不讲证据的话，不敢在外面讲。”

“感谢您，我有明确的不在场证明。”

麟可身子骨虚虚的，但还是知道回答问题。稿子他播过，细节十分清晰，只是想到小瑾死后被人扔在锯木厂的木屑里，趴在地上被小狗翻刨出来，心里就是一阵阵剧痛。

“周二，也就是事发傍晚的那场暴雨之前，我一直待在台里，有门禁刷脸系统可以证明，门口也有 24 小时监控摄像，没有其他通道可以离开这栋大楼。”

效警官的脸上露出“好极啦”的表情，第一次掏出随身带的本子记下来。

“关于，那个……”麟可终于拿出纸巾抹抹眼泪，“通知她的家人没？我可以见见她吗？”

效警官毫不犹豫：“正从北方赶过来，可以。”

“北方？她的父母都是本地人，去北方干什么，旅游吗？”

“不对呀，她是北方人，父母没接过来。”

说到这里，麟可和效警官意识到哪里出了错，两人同时脱口而出：“您说的，究竟是谁?！”

“小瑾，我女朋友，蔡晓瑾。”麟可立马回答。

效警官露出“果然”的笑容：“您误会了，死者不是她。”

“不是她，那调查我做什么?！”

“死者您也认识呀，而且这几天您一直给她打电话、发语音，让她给你回复呢！”

男主播皱起的眉毛足以夹死一只蚊子，实在弄不清警官的意思。效警官也不再绕弯子：

“死者，是蔡晓瑾的同事兼室友，您称呼她为，小萝……”

4

傍晚又是阵雨，推理女作家的稿子如约而至，警方审核后，允许在午夜照常播出。麟可刻意和女总监及岷江保持距离，大的原则就是：你不问，我不说。

代理广告公司的驻台小妹被杀害的事儿，几分钟就在台里传得沸沸扬扬，效警官还说需要几小时，实在低估了这些媒体人的专业传播力。

各种与此案及受害者相关的周边及衍生版本顿时被“创作”出来，又香艳又惊悚。不得不说，这些人不仅会传播，想象力和编故事的能力更是登峰造极，不亲身领教实在不知道厉害！

一时间人人自危，和当年某领导被带走调查时一样，一副副讳莫如深的表情，也不知道他们都在怕什么！

保卫部负责人找到麟可，代表自己和台里慰问伤情，同时告知男主播，他们已经联系上健身器械的供货商。对方派人来认真检查过，发现一个重要问题——

“这台史密斯机，有人为破坏的迹象！”

保卫部负责人的措辞一看就是文化人，“史密斯机是力量训练中相对比较安全的器械，但如果安全锁扣与杠铃的卡口都被刻意锯断，使用者就可能被杠铃砸到。”

“女人能锯断吗？”麟可突然没头没脑地问一句。

“怕是不行吧。”

“那戴眼镜的男人呢？”

保卫部负责人已经懵圈，不知道男主播哪根筋搭错线。

“厂家建议我们报警，但我们这样的单位，一报警就会把事情闹大，所以台里想征求你的意见，是让警察来调查，还是我们内部调查……”

麟可摇头，“算啦，我还没有被砸死，台里现在乱糟糟的，就麻烦你们内部调查吧！”

“还有，你中午锻炼的事儿，持续多久了？”

“两个月。”

“都谁知道？”

“估计中午搞过锻炼的，经过健身房的，听别人无意提起的，都知道。”麟可有点不耐烦，“我还发过朋友圈。”

“这个调查范围就太大啦，也就是说，整个电台的人都有嫌疑啊！”保卫部负责人露出他经常有的纯真表情。

“那就是你们的事儿啦，兄弟，我要上节目，先闪一步。”麟可抱拳，快速离开。

晚高峰节目《辣椒家族开心派》，青红辣椒握手言和，恢复正常状态主持节目。听说频道和台里对她们两人的处理是：口头批评，每人写 800 字的检讨一篇，罚扣一个月的绩效。

麟可看这两个妹子满不在乎，外加谈笑风生的模样，就知道罚轻了！

可又能怎么办？传媒行业人才济济，长江后浪推前浪，多少人等着上位，但位居“头部”并且真正优秀的人，还是凤毛麟角。

这么多年，也就只有亚克力真正对自己的“一哥”位置造成冲击，其他人还是入不得麟可法眼的。

青红辣椒主持风格独有魅力，快言快语，反应尤其机敏，两颗小脑袋不知道是什么结构和材质，总有新鲜东西冒出来！

而且，两人在晚高峰的岗位坚持数年，也是台里数一数二的大姐大，各种大型活动轮流担纲，“上面”的关系尤其好，谁也说不清她们的靠山是谁。但谁都认定，这两个女孩儿肯定有庞大且深厚的背景。

所以，她们偶尔“犯点小错”，又没造成严重的“不良后果”，甚至还“贡献了”收听率，网络上火一把，顺便给频道做了“外宣”，试问谁还“忍心”责罚她们？

昨晚，青红辣椒跑偏，今晚，却是麟可不想说话，脑子都被堵得满满的。

小萝死了，小瑾失踪，究竟发生了什么？

小瑾会不会也遇到危险，那个诡异的刺青，又是怎么回事？！

为什么导播小冷给自己打印出来的稿子上面，也有这样一个墨水痕迹？……

麟可想也想不通，好在这是三人的脱口秀，每次该他接话，他却紧闭嘴巴，总有一位“辣椒”马上笑着接过话头，为他解围。

直播间隙进广告，青辣椒踢了男搭档一脚，面有愠怒：

“吃错药啦，正上班呢，半死不活的，给谁甩脸子？我们都和好了，你一个男的小心眼，起么蛾子！”

红辣椒示意青辣椒控制一下情绪，温和道：“怎么了，是不是头疼，要不，请假休息一下吧。”

麟可有气无力地摇头，“没事，真的没事。”

晚餐粒米未进，麟可倒在五楼休闲区斯诺克球台旁的按摩椅上，感觉周围逐渐安静下来——同事已经走光，只有自己等待午夜到来。

这种感觉很像垂垂老者等待死亡，既盼望着时间过得快点，又渴求时间走得慢点。

麟可处于似睡非睡的状态，身子越来越轻，脑子却还在运转。突然，灵光一现，从沙发上一跃而起，沿楼梯快步跑下来，来到二楼的大办公区。

这里除了驻台的广告公司，也是台属产业公司的办公区，《七日》作者子鱼的办公室就在这里，麟可来找小瑾时，经常和子鱼姐打声招呼。

子鱼姐从频道调到总台，大家原来共事过，相处很融洽。再说，她也是7年前“那起事件”的间接受害者，麟可一直心有愧疚。

此时，二楼已经空无一人，顶灯和空调都关了，一片漆黑中，只有墙壁踢脚线上的“EXIT”出口标志，闪着绿色的微弱灯光。

麟可被黑暗包裹，就像穿着一身黑色紧身衣，周遭的声音越来越疏离，光滑的地面甚至不能保留一丝脚步声，这感觉十分诡异。

台里到处都是监控摄像头，保卫部24小时有人值班，所以很多人养成“夜不闭户”的习惯。麟可对周围环境十分熟悉，准确地推开产业公司副总办公室的门，门果然没锁。

就着九一大道上不时闪过的车灯，摸索到墙上的灯光开关，“盲人”麟可重见光明。这是一间双人办公室，相对的两台电脑，他记得子鱼姐坐在左边。

警方，今天上午检查过这里吗？

现在，监控盯着这里吗？

自己，不会因此受到牵连吧？

……

这样琢磨肯定是人之常情，毕竟从小到大，麟可没做过坏事和出格的事儿。虽然主持脱口秀节目，不得不偶尔“打嘴炮”，那完全只是说说而已。

但是今天，他豁出去啦，为了找出让自己烦恼的真相，必须铤而走险！

麟可快步走向子鱼的办公桌。和其他女性杂乱的桌子相比，这位推理小说作家的行事风格果然不同：

桌上只有一台黑色的电脑显示屏和一只白色的无线鼠标，一台灰色的打印机，一个插着几只彩色凌美牌和英雄牌钢笔的银色笔筒。这些钢笔的笔身都刻着四个小字，“推理女神”。

除了封面上写着“广告学”和“新媒体概述”字样的软抄本，桌面再无办公用品。水培的花草倒有好几盆，尤其“金鱼”长势喜人，油绿的小叶片，每片都神采奕奕。

麟可坐在作家的椅子上，面对电脑，左手边就是一个三层矮柜，斜对面还有两排银色的双层文件柜。男主播用力扯扯，可惜都锁住了。

究竟，在哪儿呢？

麟可追问大脑，逼它给出答案。又拼命在回忆中搜索，禁不住揪起眉毛，用食指关节反复敲击着复合板材制成的办公桌。

撬开矮柜和文件柜翻一顿的胆量，麟可没有，他也不能这样做。还记得小学时自己曾经“不小心”顺回同桌小半块“不要的”香橡皮，自家美丽又温柔的妈妈没动手打人，却自顾自哭上三天。

然后新闻会怎么写？知名主持人身陷命案，午夜撬开女同事的抽屉，成为小偷被抓……

这可不行！

重新关上灯，麟可边抠手掌上撸铁举杠铃起的茧子，边往五楼大办公区域折回。

“究竟在哪儿看到的呢？不是在她桌上，那是哪儿呢？”

算啦，自己已经患上老年痴呆，难怪亚克力批评《辣椒家族开心派》“老化”和“僵化”！

麟可哀叹，这几年脑筋大不如前，想出个好点子都能“洽”份口味虾尾庆祝，以前接起“话把儿”数一数二，逮住谁就把谁收拾得服服帖帖的，现在动不动就被牙尖嘴利的青红辣椒欺负。

前几天台里填表格，要写父母生日，妈妈的倒是填上了，上个月刚过，不记得那是天理难容。可爸爸的，就是干瞪眼想不起来，最后还是问妈妈，并嘱咐她帮忙保密，不然老爸一定失落伤心……

这都是亚健康害的，都是病啊！

不想坐电梯，麟可还是走楼梯。下班后的楼梯间鬼影儿也没有，除了几只摆在转弯处，里面塞满快递包装盒的蓝色垃圾桶。声控灯能“听到”脚步，腾一下点亮，冷不防把人吓一哆嗦。

肚子没食儿，却装满心事儿，麟可的双脚都快带不动了，头上的伤口却疼得厉害。这种疼，是从骨头缝儿里窜出来的，没有蔓延到整个头顶，却偏偏让太阳穴跳个不停。

想，起，来，啦！

男主播掀起楼梯间用来挡冷气的门帘，跑进三楼大厅——这里是台领导的办公区。

大厅中央是天井，直通八楼，正在举办台庆七十周年纪念，精心陈列着各种老式收音机和录播设备，纪念那一段逝去的流金岁月。出楼梯的右手边有一块蓝白相间的背景墙，贴着全台各部门的合家欢。

在产业公司的员工合影前，找到站在第一排中间位置的作家，也是副总经理的子鱼姐。麟可把脸贴在背景板上，手机的手电筒也调亮，盯着这位身材高挑、面庞端正的美女大姐，浑身忍不住颤抖起来：

那是一条项链，正戴在作家的脖子上。

画面像素虽然不高，但麟可还是清晰地辨认出吊坠的图案，如同天上的星座或某种物质的分子……

5

距离 23：00 上节目还有一个半小时，麟可发疯似的，他冲出电台大门，拦住一台的士，让对方以最快速度赶到效警官所在的 KF 辖区警署！

路上，他电话请求效警官无论如何让自己看看受害人的尸体！

警署地下一层解剖间，效警官随同男主播一起，掀开覆盖尸身的白布，在不接触尸体的情况下，近距离查看。

小萝仰面躺着，那张青紫色的脸让看过的人夜里不由惊醒。法医已经把她的眼睛合上，在锯木厂仓库被发现时，这女孩儿死不瞑目。

麟可害怕，特别害怕！

虽然是男人，但从小到大没有这样近距离地靠近死人，就是外公和爷爷去世，自己也被爸爸高大的身体隔开，再缩在妈妈香软的衣襟里，远远地磕头、送葬。

但也终于有一天，小男孩儿要脱离父母的保护，独自接纳成年人都不能逃脱的现实——直面死人。

“您说有重要线索，是什么？”效警官提醒男主播。

麟可请求翻动小萝的双手，效警官同意，法医把小萝的手拾起来，三人一起认真查看。

果然……

麟可的双脚没有一点力气，几乎就要瘫倒。这几天，他已经像只落水的泥娃娃，脚不听使唤，腿也不受控制。

“被害者有这个刺青，您知道？”效警官问。

男主播用意志力硬撑着自己，痛苦地回答：“知道。”

“刺青有什么意义吗？与死者的被害有关系吗？为什么您会突然要看尸体？”效警官死盯着麟可，仔细捕捉他脸上的细小表情。

猛然间喉咙发酸，强烈的恶心漾上来，针刺的感觉同时弥漫整个后背，麟可冲到解剖间的洗手池，连不迭地呕吐起来。

见男主播脸色蜡白，一句话也说不出，又急着回台里上节目，效警官知道不能逼得太急。

毕竟，眼前的这位电台男主播只是案件关联人，连嫌疑人都不是。因为死者遇害时，他正在台里工作，有门禁刷脸系统和监控摄像证明，接着他就主持晚高峰的直播节目——就算他躲过门禁和监控，杀人之后立刻赶回电台，也会耽误节目播出。

然而，他与死者之间存在密切的关联，死者遇害前后，男主播每天打几十个电话给她。死者与其女友是同事，一起派驻电台，晚上住在同一间公寓，可谓朝夕相处。

据查证，两位小姐姐关系莫逆，经常一起吃饭、逛街，网上的互动也特别多，称得上是“闺蜜”。

麟可肯定知道一些隐情，但除非他主动和盘托出，否则就是一只紧闭壳的扇贝，警方也不能对他霸王硬上弓。

不过效警官还是感谢麟可，他的这通举动已经证实了警方在尸体检验时的困惑——这枚刚刺上一周左右的符号，是否与死者遇害有重大关联？

麟可给小萝打电话的目的，是希望通过她找到失踪的女友，男主播的举动符合逻辑。

可小萝呢？在她遇害之前，为什么不接电话？是小瑾拜托她保守秘密，隐藏自己的行踪，还是她受人控制不能接电话，或者有其他隐情？

而小瑾，在小萝遇害的同时失踪，此女现在是否还活着，她的身上是否也隐藏着重大秘密呢？

按照常理推断，不接电话可以把号码拉进黑名单，这样不管对方拨多少次，自己都不会受到骚扰，来电者也只能听到占线的忙音。但麟可坚称，自己听到的一直是拨通的声音，对方只是不接而已。小瑾如此，小萝亦如此。

所以，整个案件的关键，还是这位写下《七日》故事的推理女作家！找到她，也许就能破解谜题，甚至找到失踪的小瑾。

根据出入境记录显示，发现尸体的当天晚上 22：00，子鱼乘土耳其航空班机飞往伊斯坦布尔。想一下子在欧亚大陆的异国他乡找到她，对警方来说并非易事。

警署派车送麟可，只剩最后一分钟《零点敲敲门》就要开播，主播才到电台大门口。

万万不能开天窗！

麟可迈开双腿，恨不得每一步都是一字劈。顾不得等电梯，径直从楼梯冲上八楼。也顾不上“老冤家”导播间的小冷——这一次，他没有倒扣着手机去上厕所，而是端正地坐在电脑前，目不斜视。

即便如此，还是迟到几秒钟，麟可看电子屏时钟，心里暗骂自己。好在有整点广告和一系列片花，自己没来得及，导播已经在他的电脑上操作，准时播出。

今晚播出的稿子，警方审核过，总监和岷江都在企业邮箱里签批，导播提前打印好，整齐地放在直播间的话筒前面。

麟可剧烈地喘息，这真不是几分钟就能彻底平复的。汗珠从头顶流得满脸都是，嘴里就不说，甚至流到眼睛和鼻孔里。男主播不顾形象，只能拉起 T 恤的前襟，埋头擦着汗水。

好在下午已经温习稿子，老套路，前一小时是世界经典短篇推理小说故事，今天是大名鼎鼎的柯南·道尔的《斑点带子案》。午夜过后，才是《七日》。

这期节目的前几分钟开场语就是灾难，麟可祭出杀手锏，延续今天晚高峰的话题——年轻人就应该多健身，继续调侃自己被杠铃压倒，刚去医务室换药，这个气喘吁吁，算是另类的健身。

好尬啊！麟可自认为这也算是紧急状态下的机智救场。

等汗水被直播间空调的冷气吃尽，麟可能够正常呼吸，这才在直播间隙抬头偷看小冷。

还是格子衬衣，麟可知道，几年前他就是这个穿衣品味，外人常误以为是来台里修电脑的。

那时候，自己和小泠是频道里关系最好的哥们儿，有名的“好基友”。其实两人都是“直的”，当然媒体中有很多“弯的”，段子太多，但麟可和小泠真不是，他们俩只是都喜欢打游戏、看球而已。

不过奇怪的是，和前几天不同，小泠今天一直侧着身子，看不清他的脸，也就看不清他的表情。

知道《七日》故事中死者的真实身份再来播讲，麟可的心境已经完全不同。他不是在完成某项工作，而是沉浸在故事情节发展之中。

往日，自己被娇弱温和的小瑾吸引，一心渴望复制属于父母的那份幸福，似乎再也看不见周围的一切。其实从各方面来说，小萝远胜小瑾，当初也对麟可主动表现，至少西玄发现了，所以他责怪麟可在择偶问题上就像一个瞎子。

今晚的《七日》，警方围绕受害者周边的亲人、朋友等人际关系调查入手，但却没有任何进展，麟可觉得不够精彩。脑子乱乱的，越播越没劲，好不容易熬到节目结束，这才疲惫地把稿子放在桌上。

今天，稿子上没有刺青。插播广告时麟可特意检查一番，再也没看见那个奇怪的符号。难道，昨晚是自己的错觉吗？男主播又开始自我怀疑。

还有小泠，肯定又去洗手间，估计他也不希望面对这样的尴尬，才尽量躲着自己。

唉，麟可叹息，求求自己不要再胡思乱想啦！现在工作不好找，小泠回来未必就是找自己报仇的，也许只是为了一碗饭而已。

直播间到导播间只有十几步，导播间到走廊只有几步路。麟可探头，果然，小泠不在座位，手机还是倒扣着，放在电脑前。麟可放心大胆地移步走向走廊……

突然！

突然！

走廊的灯黑了。

麟可被突如其来的黑暗吓了一大跳，在他的印象中，自己从来没有在电台的直播区域遭遇过停电，这里可是有三条线路供电，哪怕两条都断了——当然这种概率非常小——还有自发电的一条线路，绝对不会停电一分一秒！

麟可定神，发现自己的身后还是一片明亮，直播间和导播间都没断电，这才放心。看来是走廊的电路出问题，没有影响整个电台的正常播出就行。

走在昏暗的通道，借着手机屏幕的亮光，男主播打算通知后勤部门维修。正低头翻找着号码，却在最后一个转弯处，和某人正碰在一起！

“对不起。”麟可没抬头。

“没，关，系……”

熟悉又陌生的声音在麟可耳边响起，一瞬间，几乎把他的苦胆吓破！男主播的心脏不能承受这种压力，就快从张着嘴的喉咙里跳出来——

这人不是别人，正是小泠。

Day 4　第四天

周五，中到大雨，局地有大到暴雨

1

爸妈把早餐摆在饭桌上，用本地细竹篾片做成骨架的纱网盖住，就像房间里开出几朵蘑菇。小情人一样的两口子不知道又去哪里“谈恋爱”，一大清早就不在家。

他们没去打太极，爸爸去武当山旅游带回来的那把花纹钢“龙泉宝剑”还挂在门后，妈妈的桃木马尾制成的“拂尘”挂在剑上。

门后明明并排有几个挂钩，他们偏偏要共用一个。再看鞋架上的两双太极鞋，一大一小，紧贴在一起，就像他们平时挤在沙发上看电视的模样。

就是这样腻歪啊！

麟可边刷牙边盯着这两双鞋出神，想起这么多年父母在公共场合“肆无忌惮”地秀恩爱的场景，有时候难免会受非议。可外人听到的、看到的毕竟是少数，真正“受虐”的是这位“爱情的结晶”。

在父母五花八门的爱称中，当儿子的，勉强能分清楚谁是“伯伯丁”，谁是“婆婆丁”，却至今也搞不清爸妈中间谁是“宝宝”，谁是“贝贝”。

每次撞见爸爸在客厅“练贱”，妈妈在旁边用拂尘“打苍蝇”，两人一边听《千年风雅》和《云水禅心》，一边共练《东成西就》中张国荣与王祖贤同款的“眉来眼去剑”，麟可就会赶快抱拳作揖，“打扰，打扰”，接着顺墙边溜回房间，不忘连做“擦汗”的表情包。

作为他们唯一的孩子，麟可也曾感到“羞愧”，甚至强烈地抗议过，请父母“收敛一点”！

可是，随着自己步入成年，父母之间这种历久弥新，时刻流露出的真情，又让在爱情海洋里翻过船、呛过水的儿子，心生感慨。尤其是在外面受到委屈时，哪怕这委屈与男女之情无关，麟可也会像家里的“壁花小姐”一样，看着父母沉浸在属于他们的单纯又美好的世界中，偶尔流下滋味复杂的眼泪……

麟可不再指望外人理解自家父母，对一辈子都没尝过爱情滋味的人解释什么是爱情，爱情中的人是什么模样的，可能会做什么傻事，对方只会认为那是天方夜谭，自己也尬起一身鸡皮疙瘩。

于是男主播开始偷偷寻找——小瑾，就是最像妈妈的女孩儿。而麟可自己，是公认的爸爸复制品。

可惜啊……

对着一桌子精心准备的饭菜，麟可还是没胃口，只好把一两道看着不太顺眼的菜夹出来用纸巾包好，带到台里的垃圾桶扔掉。

浪费食物，万万不该，麟可家可没这样的坏习惯，但今天情况特殊，姑且原谅他一次吧！

路上开车，麟可不能集中注意力，只觉得自己的肉体和精神已经感情破裂，随时准备离婚。今天是周五，虽然睁开眼睛，窗外就是小雨绵绵，但早高峰的 S 市依旧热闹，尤其是出城方向。

亚克力和女搭档在节目中不停地插播路况、片花，再加上广告和客户花钱买的口播资讯，一个半小时的节目被剁得零零碎碎的。亚克力明显在尽量把控全局，这女主播的声音神似青辣椒，却多了一点杂质。她是麟可学妹，来频道也有 4 年，彼此没有深交。

这次，麟可彻底关上车载收音机，脑袋先“嗡”一下，整个世界便安静下来。

青辣椒上午 10 点走进办公区，往椅子上闲适地一摊，甩甩刚剪的短发，只见男搭档在椅子里打盹，便拍拍他的肩膀。

“大白天睡觉，小心被老板们抓住！”

“我是主持午夜节目的，现在补个觉不犯法吧？”麟可不肯睁眼，刘海儿趴在脑门上，发型就像一座茅草屋。

“对呀！”青辣椒反应过来，“你这位有为青年，不在家睡觉，到台里来干吗？”

“我来看戏。”麟可继续耷拉着眼皮。

“看什么戏？”美女主播把脑袋凑过来，带着理发店特有的香味。

“看你演的戏，女主角。”

“吃错药了，一大早就阴阳怪气。”青辣椒噘嘴，听不明白男搭档的意思。

麟可背对着她，没好气地：“嫌我阴阳怪气，我当然不行，比不上你的男主角，你们继续演呗！”

“我和谁演戏啦？”青辣椒很是委屈，听出麟可有所指代，“有名有姓地说出来！”

“亚克力，崔亚克力。”麟可很直接。

哦！青辣椒恍然大悟，忍不住笑出声来，这样也能被你看到呀！我也服了你，可以去做侦探。

“我可不想看，我还怕眼睛里长蛆呢！”麟可越说越难听，好在青辣椒没生气。

“看来，我得澄清一下。”

青辣椒说话时，红辣椒走进来，见没人搭理她倒也无所谓，椅子上坐定，滑过来听两人说话。

青辣椒用手指把短发理顺，生怕头发丝干扰到自己的表述："刚才走上五楼，我先去洗手间，一出门就遇到下节目的亚克力。两人脸对脸，不能不打招呼，而且他那么客气，就随便聊几句……"

"随便聊聊，他就能摸你头发！"

红辣椒怀抱自己的背包，也露出不可思议的表情。

"我的头发上沾了纸巾，他就好心帮我拿下来……"

逻辑是通的，青辣椒也不像说谎的样子，麟可无言以对。刚才的一幕，自己确实不是滋味。与青红辣椒相处，常常忘记身在职场，就像自家兄弟姐妹，总是放纵自己的任性，不免太过孩子气。

可麟可还没张口，红辣椒却突然插话，对象是青辣椒："这就是你的不对，咱们早就说好了，尽量不搭理亚克力，你还让他摸头发。"

"我不是故意的，是他主动摸我……"青辣椒急了。

"起码我不会让他摸。"

红辣椒把细长的小腿伸出来，今天没穿平日里标配的肉色丝袜，"我不会让他误认为自己在这里已经站稳脚跟，甚至很受欢迎！"

"别把自己说得那么纯洁，都在一个频道，你难道就没理过他?！"

"除了上节目，那是不得已的工作，我没有主动和他说过一次话。"红辣椒带着极其高傲的神态，"还记得麟可是怎么和小影儿闹翻的吗？说到底是为了给你出头！小影儿作为实习生总是怼你，还跑去找岷江告你黑状，麟可才把她退给频道。你讨厌的人，麟可不惜得罪她，也要维护你。可他讨厌的人，你却还搭理！"

青辣椒听这话彻底拉下脸来，转过椅子正对着女搭档，逼问道：

"亚克力总是客气地和我们打招呼，如果你和他面对面，难道就能视而不见？而且……"

"而且，他还是崔台的侄子吧？"红辣椒抢白，"你想到电视那边当主持人不是一天两天，话说你偷偷去面试的结果出来没？怎么，对方还是没要你？”

扯上电视和面试，彻底惹恼电台“一姐”或“二姐”的青辣椒，她腾地站起来，不顾周围人的目光，对着“姐姐”中的另一位大吵大嚷起来：

“你知道什么?！是我主动去面试的吗？是对方要我去试试，说了好几次！”

“他们也要我去，我就没你那么主动。”红辣椒不惜把战火升级，看来前两天在节目中互怼的情景又要出现。

“你的意思，是你不稀罕，才找的我吗？”

“那你觉得呢，还有其他可能吗？”

青辣椒的脸已经变成蓝色，放在办公桌上的手指抖动着。麟可意识到，坏菜啦，红辣椒的话太伤人，同事之间破底线啦！

青红辣椒虽然关系极好，但同行是冤家，竞争关系还是存在，更何况经常有一些好事之徒挑拨离间，故意把两人放在一起比较，就希望看她们斗得鼻青脸肿。

麟可赶忙把自己那点“小心眼”丢掉，这几天他的心情糟透了，又没休息好，才把青辣椒当成发泄的对象。今早的事情确实是他故意找茬，眼前的当务之急是安抚两位已经变成火药桶的“辣椒”——

“都怪我，心情不好，你们俩别这样！”

“请让开！”

青辣椒一拨弄，把麟可的手推开，满脸怅然道：

“这段时间我重读《红楼梦》，正好看到后四十回，我们现在的样子，正应了‘冤冤相报自非轻，分离聚合皆前定’。我曾经以为我们三人是现代职场的异类，互相扶持、毫无嫌隙地走过七年时光，成为一生难得的好朋友！但是……”

“但是，最终还是免不了‘食尽鸟投林，落了片白茫茫大地真干净’吧？”红辣椒又接话，“收起你这套肤浅的煽情吧，你这个人啊，最大的缺点就是人前一套，背后一套，我们不会再上当。”

红辣椒一波又一波的重击，让青辣椒无法招架，麟可只能干着急。几秒后，青辣椒擦擦眼泪：

“我谢谢你，告诉我你对我的真实看法，这样我就不会再把你当成好朋友。如果你是7年前告诉我就更好了，我就不会浪费这么多真挚的感情。”

“我也一样，其实从你对麟可表白的那刻起，我就没把你再当朋友。”

“你说我肤浅，那我也告诉你，我一直觉得你贱，明知道麟可和我见过我父母，我们在一起是早晚的，你还是横插一杠子！”

“你们早晚在一起？别做梦，等下辈子吧！”

麟可闻言就快晕倒，我的天，原来两位姑娘儿吵架还是因为自己！

“那成！”青辣椒用手指拼命揩着眼泪，“话说到这份儿上，大家在一起也没法再主持节目，我们就从今天起分道扬镳，等下各自去找总监，散伙儿！”

“散就散！”

红辣椒重新坐回椅子里，抓起桌上的咖啡杯，狠狠砸在地板上……

2

周围看客们各怀心事，没人说话，手指却都在忙不停，到处通风报信。

这群每天和麟可一起工作，结伴儿上厕所，表面上称兄道弟的同事，只要遇到屁大点儿的事，幸灾乐祸的占80%——不过这是职场的平均水平，并不是说这里的人就特别阴险。

换位思考也可以理解，谁让全台的好事都让这三位占尽，这么多个涨停板儿，也得泻泻火，这才符合事物发展的规律嘛！

在“双椒夺麟”发生几分钟后，女总监给麟可来电，“请”他五分钟后“莅临”总监办公室。

“怎么回事？”

女总监应该是从外面才回来，包还放在桌上，脸色难看，开门见山：

“想不想干，不想干说话，两条腿的蛤蟆难找，两条腿的人有的是，多少人等着排队主持晚高峰！你们要滚蛋都明说，赶紧主动让位置出来，我也不用为了保住三个小王八犊子的饭碗，费尽心思！”

“今天的事儿，有误会……”麟可不敢坐沙发，站在最靠近门的位置。

“没有误会，是态度问题！”女总监直截了当，“你们都是给惯的，台里捧你们，听众宠你们，我护着你们，结果你们蹬鼻子上脸！”

这工夫，岷江走进女总监的办公室，腋下还夹个本子，看样子也是被叫过来的。接着，青红辣椒鱼贯而入，她们已经在门口杵半天了。除了岷江在沙发坐下，《辣椒家族开心派》的主持“天团”，低着脑袋一水儿地站着。

女总监见人齐了，示意门边的麟可把门关上，开始训话：

该说道说道了，不然你们三个，很危险——

先是我们“著名的”，我看是“猪名的”首席主持人麟可先生，您老这段时间可不在状态呀！去趟欧洲，应该带点学问和艺术细菌回来，可你呢，带回一身病菌，成天半死不活的！

你主持的四期新节目我都洗耳恭听了，想听听评价吗？

就是一坨屎！

屎都比它强，屎并不可耻的，不要歧视它们，可以做肥料的。

听着老板接地气的塑料普通话，青辣椒忍不住“扑哧”笑出来，岷江也拿着本子，掩住嘴部，从他的眼尾纹看出来，他也在笑。

“你的节目，没有一丝一毫的诚意，开场就胡诌八扯，这个尬呀，我难受得想钻地缝，甚至想把耳朵堵住！一篇文章也念不顺，磕磕巴巴，不停吃螺丝，明显没有做任何准备！你是不是把听众都当成二百五，他们都是傻子，不知道你在糊弄他们?!”

麟可想解释，被岷江的眼神制止。

“按照规定，主持人要提前20分钟到直播机房。我这个人好说话，平时没要求那么严。我特意查了你这几天的大门刷脸记录，果然啊，每天你都是踉踉跄跄才赶上节目，昨晚你甚至差一点就开天窗，如果不是导播机灵，我看你怎么死！”

女总监索性站起来，走到麟可身边，用手指捅着他的肩膀，也不知道是不是借机揩油，但嘴里还是批评的语气，“你还是劳模、先进呢，我看给你颁奖的人都是瞎子、傻子！”

麟可吐吐舌头，没有更好的表情应对老板的指责。

“从您老主持午夜节目以来，收听率持续下滑，甚至还不如我们原来播相声集锦！本来希望你来帮忙拉动收听率，看来真是偷米不成，反被盗走一只鸡！”

这下子，青红辣椒笑成一团，岷江也把本子拿开，露出迷人的鱼尾纹，麟可弄个大红脸，不过，办公室的气氛却一下子放松下来。

“你们俩别笑，正要批你们呢！”

女总监在地上踱一圈，回到青红辣椒身边，先扯扯红辣椒的裙子，再瞥一眼青辣椒的鞋子。

“都是名牌，不错呀！”

青红辣椒也不敢吱声，脸上却还笑嘻嘻的。

“怎么不打架？我这里宽敞，现在打，全武行，我还可以帮你们收门票。”

“那怎么行，我们错了。”事不宜迟，青辣椒赶快赔礼。

“就知道错了？”女总监明显不相信，“麟可还在这儿呢，你们决定好怎么分吗？大卸八块，每人四块？还是你要上半截，她要下半截？”

“我们都不要，就是好玩……”青辣椒还接话。

女总监恨铁不成钢，拿桌上的计算器发泄，用力一砸，为自己接下来要说的话伴奏：

你们三个小王八蛋，还是专业主持人呢，请问你们的“专业性”体现在哪里?!

面对话筒时，你们就不应该有个人情绪，更不能是真实的你们!

你们那点三角恋的烂事，给我拿到直播间表演，已经沦为全天下的笑柄！你们不看网上新闻的吗？你们不知道网友怎么评论你们，怎么评论我们这个频道吗?!

三颗老鼠屎，坏了一锅汤!

这件事，台里确实不了了之，给的是谁的面子？是我的面子，全世界都知道你们是我向台里拍胸脯力荐的！活生生把D罩杯拍成A罩杯！当时你们狗屁不是，一群小年轻，就想主持晚高峰?！我呸!

这几年我任由你们折腾，像亲弟弟、亲妹妹一样护着，但我的面子够用几次？你们再捅出大娄子，上面把我和岷总一起撸了，大家集体回家过年!

记住，每个人的光环，都不是与生俱来的，是这个平台给你们的!是无数广播电台的老前辈，兢兢业业、恪尽职守所筑造的牢固基础，是他们的人格魅力和平台的公信力一起造就的!

你们是站在巨人的肩膀上，离开这个平台，你们算个毛线!

虽然说到罩杯时大家忍不住又笑，但女总监把话全部说完时，主持人们终于回归严肃，岷江也皱起眉头。

“岷总，你的人，带回去慢慢教育。”女总监指着两位面有愧色的女主持人，也不知道是真惭愧，还是假的，“去和你们‘老大’谈心，谈明白了，今晚上节目，谈不拢，今晚我替你们直播！麟可，先留下。”

几人分散，女总监指指沙发，麟可坐下，臀部还是只沾一个边儿。

“女朋友，联系上没？”

麟可摇头，用手指揉捏着硅胶做的哥斯拉怪兽手机壳。

“搅进这种麻烦事儿，你不能自乱阵脚，听见没？”女总监压低声音。

麟可还在摆弄哥斯拉，想起自己送给小瑾的苹果手机，手机壳是魔斯拉。可惜小瑾认为那个“蛾子”死难看，立马换上粉色桃心。

“王子昂办事真差劲儿，我对他极度失望！”女总监声音更小。

可是，魔斯拉和哥斯拉的爱，是忠贞不渝的。麟可走神，觉得手上的小怪兽越发呆萌可爱。

“中午吃饭时，我们和王总商量一下，看下一步怎么走……”

“嗯。”麟可知道必须得答应一声。

“《七日》别播了，不管警方怎么说，我们自己要叫停！”女总监快速拨弄着手指，让人看起来加倍烦躁。

“为什么？”麟可把哥斯拉握在手心。

“子鱼真毒啊，这么多年，还想着报复我们……”女总监咬牙切齿，“7年前的事儿，她还是放不下！看来这整件事，她都是幕后黑手，给我们挖了这么大一个坑！”

“那您还让小冷回来？”麟可看看眼前的中年妇女。

“一把手台长定的，暗示我总台领导打招呼，我有办法吗？”女总监翻着白眼儿。

说话间，麟可发觉有一种液体从胃部涌上来，酸酸辣辣的，还带点酥麻感，接着就是强烈的恶心，男主播不由张开嘴，“哇”的一声，吐在地上——

竟然，是一口鲜血！

3

麟可坚决不肯去医院，也不想声张，连说十几遍“没事”。

借用总监办公室，在沙发上侧着躺一会儿，再吐几口痰，等纸巾里已经没血，这才起身，在综合管理部主任 Up 姐的“护送”下，不声不响地回到自己的座位。

偶尔吐血，不是小毛病，却是老毛病。

第一次吐的时候，男主播确实被吓得魂飞胆破，直到红辣椒联系的全国最好的医院，最好的医生给他亲自检查后，提醒他“一定，一定，一定要注意休息”，这才作罢。

吐血之后，麟可开始健身。所以说万事皆有因果，一个人忽然改变自己的习惯，背后必有缘由。可惜，他只记得三个“一定”，却不记得“休息”。

男主播不想在台里到处宣扬，“示弱”在职场并不会得到真正的同情，反倒成为自己真正的弱点，某一天被别有用心者拿去做攻击自己的武器，这里从不缺少亚克力之流。

他也不打算告诉爸妈，自己那柔弱美丽的小妈咪，不能受到一丝一毫的惊吓，爸爸也不行。麟可只希望他们开心地练剑、舞拂尘，活在仙境，远离人间。

青红辣椒已经“和好”，至少识趣地不再吵闹，还商量着轮流盯着麟可，生怕下一秒他就会突然倒地，像电影《唐伯虎点秋香》中的

"对穿肠"那样，朝着天空喷射鲜血。

麟可苦笑不已，苦中又有一丝甜，偷眼去看安静地陪伴在左右的两位女孩儿，恍惚中想起小时候在爷爷家和堂妹们一起过暑假的日子。扎着小辫子的妹妹们慢慢留起长发，读大学便离开S市，如今天各一方，难得一见……

男主播狠狠掐自己的手臂，不能再胡思乱想，一定要把精力专注在节目的准备上，总监姐姐说得也对，不能再稀里糊涂地混日子！

临近中午，窗外倾盆大雨，天黑得像懒婆娘家的锅底。麟可蹲在洗手间最靠窗子，也是最宽敞的蹲坑上，掏出手机，刷刷朋友圈。

突然，手一滑，差点把这个重要物件儿掉进那个不方便手捞的窟窿眼儿里——

失踪4天的小瑾，更新了朋友圈……

男主播的心脏率先激动起来，主人甚至必须用手压住胸口，才能让它老实地待在原地。

"这时候也不能吐血！"麟可又命令不安分的胃，凝神聚气细读这条朋友圈：

一句话，九宫格。

话是这么说的：计划很久的年假，终于来到这么美好的地方，希望一直美好下去！

九宫格有海景，有酒店，有海鲜，还有，那个包包——麟可认识，这是自己旅行时给她买的，本来推三推四，现在还是发出来炫耀。

一看易知，小瑾正在东南亚某国的五星级酒店度假。

这一刻，形容麟可被人推下悬崖，再掉进冰窟窿，最后赤身裸体地跌进人群中也不为过。他的情绪经历了一系列的变化：先是恼怒，再来一丝轻松，接着又是鄙夷，最后甚至羞愧起来。

西玄说得对，麟可同学，你活该。

不用再去担心，不值得为这女人再费一点心力，忽然之间，麟可连追问“为什么”的劲头都没有了。

麟可把怨恨发在这款包包所属的品牌上，暗自决定，这辈子只要再看见背着同款包的女人，就会怒目而视！可几秒钟又变卦，这是多么傻的想法呀，如果一定要找一个替代品去发泄，那也不应该是自己出钱买来的东西呀！

可恨的，就是这个女人！

手指飞舞，麟可在对话框里输入三个字，便逃也似的快速退出朋友圈。

就这样静静地蹲着，十分钟左右，麟可再次打开小瑾的朋友圈，果然，刚才自己留言“不要脸！”的那条九宫格已经删除，外带着自己也被小瑾一并拉黑。

提起裤子，天旋地转眼前发黑，再加上两腿麻木，麟可差点栽倒在蹲坑里——但他，不会任由这样羞辱自己的事情发生！

走出洗手间，男主播已经“重生”。

总监还是找来麟可，中午要和声优传媒的董事长，“大名鼎鼎的”王子昂，王总吃饭。麟可推说刚才又吐血，第一次态度有些坚决地拒绝。

一个人在食堂简单吃个7元套餐，再次来到健身房，还是闷头撸铁。当然，这次史密斯机好好的。

中午两点，该来的还是来了，麟可接到总台纪检的电话，请他速来，询问一些情况。

男主播在两点一刻准时出现，走进一间和周围办公室没什么区别的“特别的”房间，“喝了”一杯“咖啡”，一小时左右之后走出来。

没人知道里面发生了什么。

麟可回到电台时态度如常，女总监却急得跳脚，趁众人不注意，叫来这位手下，细细地询问情况。男主播面无表情，把屁股完全坐在沙发里，甚至第一次跷起二郎腿，有问有答，但不多说一句。

原来，总台收到一封举报信，有人实名举报《辣椒家族开心派》的节目中，对某品牌过度回报。

这个品牌去年投放过广告，时间不长，是台内某位同事的家属对接，不是声优下单，也与麟可无关。

不过麟可还是坦然承认，这位同事确实找到节目的三位主持人，请求对客户“予以关照”。因为正在洽谈明年合作，如果谈成，台里又可以创收，这是皆大欢喜的好事！但一没给大家送钱，二没送物，也没人吃他的饭。

麟可同时为青红辣椒担保，她们也不认识客户，更没收到任何好处！

男主播也顺便斗胆指出：只要我们没拿钱，节目中适当地给客户多回报一点内容，这是传统媒体，特别是广播下滑严重、客户市场低迷时，主持人体现出的主动担当精神。

也就是说，主持人不仅不该被怀疑，被诬告，甚至应该被表扬，被表彰！

当然，表彰也有点夸张，收钱，就更要另当别论。

这些说法，得到总台纪检领导的认同。其实他们早就调出节目认真审查，也做了背景调查，这次客气地“请来”麟可，确实是对举报者有个“交代”。

即便如此，女总监还是狠狠责怪男下属，问题回答得不够“完美”。今天中午应该和王总见面，把事情“商量”一下。现在反而被动了，麟可已经被找去，不能再轻举妄动，也不要随便“见人”……

麟可看着女总监碰撞的上下嘴唇，他本来应该被这好听的塑料普通话吸引，但此刻却一个字也听不进，心里反复只念叨着一句话：

关我屁事，不关我事……

《零点敲敲门》的稿子，5点左右经过警方确认，可以继续播出，因为和前几天相比，《七日》和小萝案件侦破的目前进展已经南辕北辙，不像最初的两天，巧合得吓人。

子鱼还是没回国，警方已经联系本国驻土耳其大使馆，尽快找到这位女推理作家，督促她回国，配合调查。

女总监让岷江与效警官联系，建议暂时中止《七日》播出，却被警方拒绝。按照效警官的意思，现在反而不能停，因为凶手可能也在锁定收听，万一停播，很有可能会打草惊蛇！

更何况，从昨晚开始的情节，与警方真实调查的路径不相同，看得出是作家的想象和发挥。

也就是说，这位作家作为“知情人”，很可能只是案件当天的目击证人。她能准确描述的细节，比如小孩儿、小狗、锯木厂和大铁门等，都是她的所见所闻。按照常理，她能估计警方也会找来锯木厂老板问话。当晚她去土耳其，警署内部没有消息再走漏出来，后面的内容就要靠写作经验丰富的作家自行脑补。

……

但是，麟可不想“玩”下去了！

这些和他没关系，便以身体不舒服为理由，当晚的《辣椒家族开心派》和《零点敲敲门》都请其他男主播代班，但不劳烦亚克力大驾。岷江理解，帮忙安排妥当。

就这样，麟可终于在5点半准时下班。挤在电梯里，他已经不记得上一次和台里综合部这些婆婆姥姥一起下班是猴年马月，恍惚就像上辈子的事。

夕阳西下，景物美好，赶紧回家，找爹找妈。

麟可加足马力，可惜拥堵的晚高峰不是机场用来起飞的跑道，6点半左右，才回到老城区的父母家。

一路上，男主播没开收音机，耳根子难得这么清净。

刚用钥匙旋开家门，就看到一个穿西装的男人坐在客厅的沙发上，眉飞色舞地说着什么，声音不大，但唾沫横飞，爸妈正认真听讲。见麟可进门，三人有点慌神，爸爸赶快把桌上摊着的资料收起来。

麟可认出来，是那天在米粉店遇见的邻居，还给家里送过桃子。

也不知怎么，内心瞬间充满厌恶，还有莫名的不安。

4

西玄晚饭之后来到发小家，多年前，他家就在麟可家斜对面。

两家的长辈眼瞅着这对同年同月出生的小兄弟一起长大，嘱咐道：你们都是“孤独的”独生子女，这辈子要像亲兄弟一样相处！

麟可的父母硬让西玄带上顶楼种的小菜回家，又抓住他问长问短，小哥俩好不容易逃出来。

肯定是去“老地方”，乐队曾经驻唱的小酒吧，贝斯手阿熏和老婆开的，就在“酒吧一条街”的后巷。

“几件事，你要有个准备。”

屁股坐定，西玄开门见山，拿起虎牌啤酒就猛灌一口：

今天下午你被总台请去“喝咖啡”，整个电台都传遍了。虽然你说清楚就回来了，却已经释放出一个非常危险的信号——

你被人实名举报，证明身边有人近距离盯着你，想害你！同时你也登上纪检“黑名单”，今后行事就要更低调，更小心。

第一，注意手机和网络，敏感的信息都不要发，咱们俩在台里也不见面，有事就约在这儿。

第二，别再去管什么小瑾、大瑾，这些人可能计划这个事儿不是一天半天，把你扔进陷阱，套路你，最后把你丢出来当炮灰！

第三，不要信任台里的任何人，包括你的领导……

麟可听话地点头，也狠狠闷一口冰啤酒，胃里顿时火辣辣的，不得不把酒瓶子放下：

“西玄，这么多年，你为什么一直帮我？”

男主播抬头看着小酒吧墙壁上自己代言某款饮料的海报，海报上的男孩儿意气风发，越看越不像自己，再瞅瞅缩在椅子上的发小。西玄个头不高，样子普通。

“什么意思，你有什么不确定吗？”

西玄和小时候一样，平和温顺，但极有智慧。麟可尴尬，后悔自己直言直语，只好抓起啤酒，再来一口。

“我明白你的意思，你现在是明星，是名人，咱俩为什么还这么铁，对吧？”

男主播不好接话，他其实就是这个意思。没由头的，突然就想问问。

西玄拧拧鼻子，满脸无可奈何，自顾自地说起来：

你还记得吗？ 9岁时，被隔壁的顺子挑拨，咱俩打了一架都哭了，眼泪擦干之后我和你就约定：这辈子，咱俩永远都不怀疑对方“爱不爱”自己！也就是说，我们永远不怀疑对方的友情！

15岁时，咱俩同时喜欢班花，她还不甩我们，咱俩又约定：这辈子不为女人伤感情！也就是说，我永远不怀疑你和我媳妇儿有一腿，我也永远不撩拨你媳妇儿！

20岁那年冬天，咱俩的兜里加起来只有三块六，蹲在地上啃一只鸭爪子，第三次约定：这辈子，永远不为钱的事情闹别扭！

这三条原则，坚持这么多年，没毛病，所以你小子别怀疑我！

“老大，我知道，不是那个意思！”麟可脸颊通红，必须解释一下，“这几年，我发展得比较顺，但日子过得不靠谱。你一步一个脚印，有家有业，咱俩有差距……”

“你是想问我，会不会嫉妒你吧？”西玄笑起来特别像木村拓哉，这给他增添很多魅力，“说实话，有过一点羡慕，但我不嫉妒你——”

西玄说这些话时，酒吧老板阿熏端着新出锅的 8 只大闸蟹，乐颠颠地从厨房出来。这可是新出水的，还带着水草香，姐姐从老家快递来的。乐队贝斯手一只不留，全拿出来给兄弟们尝鲜。

这扎实的大闸蟹啊，强悍得像一群准备打架的小怪兽，每只足有四两半，全母，蟹黄都快从鼓囊囊的肚脐子挤出来！

阿熏媳妇儿又把蟹醋端出来，姜茶煮好，倒在乐队成员专用的杯子里。

螃蟹的香味吸引着吧台其他客人的目光，两个外国人走上前看热闹。大学时学热处理专业的老板阿熏，晃着贴着纹身贴纸的花手臂，用半吊子外语比画着表示：这蟹可不卖，俺们自己吃！

挑 4 只最大的给麟可和西玄，再挑两只稍微大点的给媳妇儿，让她领着儿子在后面啃，阿熏把两只最不精神的，个头最小的螃蟹放在自己面前。西玄硬要和他换一只，贝斯手死活不肯。

那就边吃边聊吧！

西玄边拆蟹，边对着麟可说道：

这几年你好了，说实话，我们真的都为你高兴。你在聚光灯下成了明星，赚钱多、露脸多，但是我知道，你比我们都累，付出比我们更多！别人只看到你的收获，而我知道这背后你的努力！

光靠贫嘴你是不可能当上“电台一哥”的，背字典和词典那是基础，每年还要看几十本书垫底，上至天文下至地理，时事政治新闻八卦，整天嘟囔着练绕口令，你也是往死逼着自己勤学苦练！

因为你的成功不是靠幸运得来的，所以任何人都不应该嫉妒你。

换句话，可怜你还差不多——这小子付出这么多，老天开眼，终于熬出头了！

阿熏平时话就不多，偶尔“嘻嘻”傻笑着，边听兄弟们谈心，边有滋有味地啃蟹腿子。

“再说啊，这几年，我也不差。”西玄掰开蟹黄，蘸了蟹醋，整个放在口里，满足得直眨眼——

咱俩一起进台，你做记者，我当编辑。你转岗担任点歌节目主持人，我埋头编辑新闻稿件。你主持晚高峰，我进了总编室。

我正科级已经几年，副高职称也快了，国家级新闻奖也得过，没混日子。

台里收入不错，我媳妇儿他们银行收入更高，她又特别上进，升职也是指日可待。我们的儿子，又聪明又乖，媳妇儿说过两年再生二胎，双方父母也都挺健康、和美。说实话，我这个小家真的好，我现在皇帝都不羡慕！

再说，你天天不能按时吃晚饭，压力大，要熬夜，肠胃出了毛病，心脏也不好，年纪轻轻就把零件都弄坏啦！我呢，朝九晚五，按时吃喝不耽误，周末也能带着全家游山玩水，身体棒棒的！

最重要的，说句你不爱听的，你们这些明星啊，主持人啊，无非都是这个平台和流水线上的产品，今天台里给你机会，让你上位，明天台里捧新人，你就靠边站，甚至没地方待！电视那边更残酷，不用我多说。

还有啊，主持人很少能担任台里和频道的主要职务，特别是一把手，为什么？因为台里要把你们牢牢地留在一线，让你们干活！主持人当官，就会离开话筒，吹空调喝茶水去啦！

过几年，你就要人老珠黄，一官半职也没有，随便一个亚克力就把你挤对得要死要活。可你要知道，江山代有才人出啊，没有这个亚克力，还可能有巧克力或者朱古力，你和他们这些年轻人拼，有未来吗？

所以，我还羡慕你？是你应该羡慕我才对！

听西玄说到这儿，阿熏甩甩油腻的长发，笑啦，麟可也跟着笑起来，西玄也咧嘴，兄弟三人用沾满蟹黄的手指勾着啤酒瓶，胡乱地用力碰在一起。

啃完螃蟹，他们商量下个月草滩音乐节的曲目和排练计划，又拿起话筒在小酒吧的舞台上 LIVE SHOW 唱完两首歌，麟可和西玄搂着彼此的腰，趁贝斯手老板不备，硬是扔下 500 块钱，从小酒吧跑出来。

夜风美妙，特别是在白天的豪雨清洗后，拂在身上就像初恋女友，那位班花的手指，凉飕飕的，麻酥酥的。

经过酒吧一条街街口的便利店，广播中正在播麟可所在频道的节目，是位女主播在播天气预报和路况信息，两人站在路边听了几秒，一起做呕吐状，继续向前跑。

“西玄，别人会不会以为咱俩‘搞基’？”

晕乎乎的麟可牵着发小的手，边跑边跳，就像小时候。

“他们以为的事儿，还少吗？”西玄的脸蛋儿也红扑扑儿，与麟可十指相扣，平时极其稳重的电台后备干部，难得这么放肆，“去他妈的！”

“要不，咱俩就搞吧！反正在咱们这行也不是新闻。”麟可搂住西玄的肩膀，脸贴着他的脖子，笑嘻嘻地喷着酒气，“我嫁给你，就不用再麻烦找女朋友，你养我一辈子！”

“养你个神经病啊！”

西玄把麟可的手甩掉，脑袋从脖子上拨弄开，却不小心碰到麟可的伤口。麟可全无感觉，只顾着歇斯底里地朝天吼叫：

“我如果真要‘搞基’，就和王子昂搞，这个王八蛋，搞倒他全家！”

“对，还有那个蔡晓瑾，你已经搞过，咱们不吃亏！”西玄确实也喝多了。

“我还要搞女总监，这个堂客们的！”

“你又不是老岷，搞她搞个鬼啊！”

兄弟俩原地嬉闹，又搂在一起，在马路上吼了几首歌，这才分别搭上的士，回到家里……

5

效警官的来电在午夜过后响个不停，把麟可从难得的沉睡中惊醒——

这该死的，不准关机的规定！

刚才这两小时的睡眠，是半个月以来最香甜的。从来不打呼噜的男主播，竟然吵得隔壁父母完全睡不着。

妈妈趴门缝听着，既高兴儿子睡得香，又心疼他实在太辛苦。听着听着哭了，爸爸光脚下床，把媳妇儿领回屋，小声哄慰着。

麟可感觉浑身每个细胞都不想离开床单，这些小混蛋们集体恐吓驾驭这副肉体的精神主人：“躺着别动！”胆敢再动，它们就要造反，让他晚上继续失眠，白天再大口吐血！

“麟可老师，请问今晚为什么不是您主持节目？”效警官开门见山，这才是警官的风格，“电台那边，没出什么问题吧？”

“没事。”男主播保持一贯的礼节和教养，“是我请假，身体不太舒服，请同事代班。”

“那就好，您多保重身体。”电话那头的警官咳嗽一声，他也连续加班几天几夜，“您拜托我的事情，已经查清。”

麟可还是坐起来，耳朵贴着手机。

“除了我们都知道的，神秘的推理女作家，您提供的三个名字，调查他们与小萝死亡之间的关联，对我们很有价值。所以，不算您拜托我，倒是来帮我。”

且说第一位，蔡晓瑾，死者同事及室友。按照您的描述，本周一中午开始，就与死者同时失踪。您连续两晚去找她，都没见人影儿。而她们租住的公寓是开放的老旧小区，没有摄像头。

小瑾是与您一起离台，时间是 12：07，你们一起来到 W 酒店 48 楼的自助餐厅，12：51 小瑾先行离开，您买单之后 12：59 也离开酒店。

W 酒店距离小瑾和小萝工作的声优传媒很近，按照沿途的摄像头显示，小瑾果然往那个方向走。但声优传媒门禁系统坏了，写字楼的大厅在装修，也没有监控，就没有记录可以调看。

声优的人反馈，周一下午没开会，没人注意到小瑾回来。大家都以为这两个女孩儿一直在台里，并不知道她们失踪甚至遇害。

不过，经过我们的调查，至少在周二傍晚，也就是小萝遇害之前，小瑾并没有失踪，周一晚上她住在一家五星级酒店，周二中午退房。

小萝也是在周一中午 12：13 离开电台，沿着传媒路，经过涵洞走进日湖大市场，便再没有摄像头拍下她的行踪。我们推断，她是在大市场附近坐上什么人的车子，接下来一直到第二天下午遇害，都行踪不明。

她们有过几次手机通话，没有用网络沟通，所以内容不清楚。

小萝遇害，小瑾生死未卜，今天中午您看到小瑾更新朋友圈，确认她没事。其实，我们从民航和出入境记录也查到，小瑾是在本周二午夜搭上直达东南亚某落地签国家的航班。

请特别注意，她的机票是在航班出发前 4 小时才在网络上支付购买，也就是小萝遇害当晚，子鱼出发去伊斯坦布尔前后。

此人现在还在东南亚，警方已经和她联系上，只要从海关入境，就会第一时间控制！虽然不是明确的犯罪嫌疑人，但此女突然失联确实蹊跷。死者和她关系密切，不能说就没有嫌疑。她可能是知情人！”

效警官反复提着这个名字，厌恶感却涌上麟可的心头——

回想起小瑾裙子下面短小的双腿，动不动就一副木讷发呆的样子，被保安责难时哭鼻子的窝囊样，每次签报告时话也说不清的蠢笨样，再加上她的所作所为，麟可突然觉得这样的女孩子，不管脸蛋儿多么中看，确实不值得自己再费心费力。

效警官并不清楚电话这头听众的心情，还在自说自话：

再说第二个人，王子昂，声优传媒董事长，小瑾与小萝的老板，掌控A省最大的广告代理公司，同时代理广播、电视、地铁、户外和部分新媒体媒介，公司年营收超过3亿。经过调查，声优确实有税收方面的蝇营狗苟，但还算一家运营良好的正规公司。

这几天，王子昂没有异常，他和死者没有任何过节。而且死者的工作业绩较好，老板没有欠薪，两人也没有男女绯闻。

这位董事长还主动配合警方侦破员工被害的案件，事发时本人也有充分的不在场证明。

“不过嘛……”效警官开始卖起关子，麟可闭着眼睛，不想接茬。

“但是嘛，有个小细节，还是告知麟可老师您为妙。”

效警官点名道姓，麟可不能再不吱声，喉咙里“嗯”一声。

“前面提到小瑾周一晚上住在五星级酒店，您记得吗？”

“嗯。”

“您想知道谁和她一起吗？”效警官的语气委婉，男人之间聊这个话题确实尴尬。

“谁？”麟可无论如何不能不问。

话筒那头传来叹息：“您能早点认清这个女人的真面目最好，感情方面不要被人欺骗。周一晚上，她与城中某集团总经理共度。王子昂也在酒店住了一夜，在隔壁开了一个房间，走廊里的监控……”

大脑一片空白。

麟可的嘴巴翕动着，仿佛在嚼着一块看不见的口香糖。这口香糖又变成沥青，热乎乎的糊住喉咙，让他连一丝声音也发不出来。

没这么欺负人的，真的……

“麟可老师，您没事吧？”效警官试探。

“没事。”几次深呼吸后，男主播平静回答。

“还有第三位，鉴于他的特殊身份，确实不太方便在电话里说。我们可以约明天，见面聊聊细节……”

“不好意思。”麟可声音冷若寒冬，“您不需要再告诉我这些，从现在起，这些人和我已经没有任何关系。”

“但是……”

“我没有杀人，稿子也不是我写的，统统与我无关！现在，我生病了，就想睡觉，可以吗？！”麟可用全部力量克制自己，但语气坚定。

“可以，可以。”

警署效警官轻轻挂断电话。麟可把手机扔到地板上，原地倒下，被子扯到下巴。

突然，那股沤烂的草席子和韭菜的奇怪味道又浓郁地涌进麟可的鼻子，呛得他差点呕出来！

只见“小九九”扭着肥肥的小屁股，伸了一个夸张的懒腰，“啪嗒”一声从男主播的床上跳下来，迈着闲适的猫步来到他放在地板上的双肩名牌背包上，撒了一泡不长不短的尿。

在男主播的目瞪口呆中，小猫咪重新跳上床，蹭着主人的脚，用无比温柔又乖巧的眼神与他对视，轻轻“喵”了一声。

Day 5　第五天

周六，短时暴雨，防范山洪及泥石流

1

电台节目，周末和工作日不同。

绝大多数广播电台，工作日精心准备，周末就有些敷衍，放放音乐，一位主持人在直播间守一上午。这很好理解，周末路上开车的人少，听众就少，节目没必要弄得那么浓墨重彩，主持人也需要轮流休息。

本来，麟可每半个月排一次周末班，半天，还在承受范围内。但如果工作日每天直播四小时，熬到凌晨一点才下班，周末又上节目，就确实太不人道！

好在岷江这位领导不错，在部门会议上主动提出今后不再排麟可的周末班。

人，毕竟不能当牲口用。

即便如此，周末麟可也不得闲。台里和商家的活动一般都在周六举办，婚礼也几乎都在周末中午，麟可反倒比平时忙得多。经常一天之内穿梭几家酒店，拿着不同的手卡，问候不同的来宾。

从前年开始，婚宴，麟可已经能推就推。

婚宴人累、钱少，已经不是麟可这种段位明星的主营收入。相比较，企业商家的出场费就慷慨多了，一场商演抵得上五场婚宴。一个人的时间和精力毕竟有限，当然要用在能创造更大价值的地方。所以，除了领导"指示"，或者亲友及同事请求，他已经不再主持婚礼。

今天，没办法呀，麟可起床穿戴整齐，在上午 11：00 之前赶到 S 市最豪华的酒店，不得不亲自主持一场盛大的婚礼。

男女主角就是一般意义上的富二代和官二代，麟可不认识的小屁孩儿！而孩子家长的"特殊"身份，是著名主持人也不能拒绝的理由，这是"政治任务"。

听说女方父亲，这位"大领导"，每天下班都让司机调到麟可的节目，听得津津有味，常常发出"爽朗的"笑声。

能让这个年龄段的人笑得前仰后合，证明《辣椒家族开心派》老少通吃，也证明麟可确实是一位广受欢迎的明星主播。

得嘞，熟悉词儿吧！

麟可一边让专属的化妆师小倩老师给自己补水、上粉底，重点是隐藏一对巨型眼袋，一边看手卡里的台本。

这次的婚礼仪式比较复杂，还涉及贵宾的唱名。提前熟悉，生僻字翻翻字典，标点、断句和换行弄得明明白白，才不会出现让人尴尬的失误。

在大庭广众之下，把别人的名字叫错，或者被叫错，是彼此各吃一只苍蝇的丑事。麟可对自身职业的要求永远最简单又最严格：

零失误！

12：08，麟可精神抖擞地跃上舞台，和新郎肩并肩地站着，两人一起迎着一条人工铺就的花道。那头，新娘和爸爸洒泪拥抱，再缓步走来。

这新娘二十出头，雪白的婚纱长裙由六位小花童牵着，脸上是现代女性难得一见的羞涩表情。当然，也可能是为了今天和此时此刻装出来的。

从麟可的角度来看，这新娘也是走向他的，眼角眉梢的爱也是向他释放的。阵阵欢呼中，婚礼司仪不由恍惚，觉得这新娘如小瑾，像小萝，又是青红辣椒合体。

仪式进展顺畅，麟可妙语连篇，引得现场的来宾纷纷举起手机，拍摄“活的”著名主播。几位伴娘也凑在舞台旁边，近距离“欣赏”帅哥，不时捧着脸尖叫。

麟可，天生是属于舞台的，他几乎就是为了“明星”这种职业而生的。

也许扔掉话筒的下一秒，他就会无力地瘫软在地上，但只要面对观众，打开胸腔，发出声音，所有人的目光就不能不被吸引！

年轻的女孩儿受不了这种魅力的诱惑，即便是现场的一些长者，年纪和麟可的父母相当，也会由衷喜欢眼前这位散发着健康、上进和亲和力气息的孩子，巴望着自家的晚辈能像他才好。

仪式结束，酒席正酣，果然山珍海味，S 市的顶级标准。

女方父亲，某大领导，钦点麟可主持婚宴的长者，亲自举杯给他敬酒，拍着男主播的肩膀表示感谢，再吩咐秘书带麟可到女方家的上宾席落座。

早餐没吃，现在已经快下午一点，说了好半天的话，把骨髓都要掏空，麟可饿得难受，面对一大桌子吃食和陌生人，也没必要再客气。

身旁一位大姐给麟可盛一碗鸡汤，刚贴在嘴唇边，一位穿黑色西服的伴郎跑过来，用力一拍麟可的肩膀。

“司仪！”这位二十出头的男孩儿肚皮滚圆，肚脐眼儿顶着男主播的后背，“你怎么就吃上了，快准备去敬酒！”

“敬酒？”

麟可反应过来，是的，某些婚宴上，主持人会陪着新郎新娘挨桌敬酒。不过，自己早就提升了“咖位”，亲自出来主持婚礼已经难得，实在没有去陪酒的道理。

“难道，你不知道我是谁吗？”

麟可心里暗自嘀咕。

本来不想理他，但转念想到刚才女方父亲的善意和亲切，再想远点，亚力克有崔台做靠山，处处挤对，这位“大领导”对自己未来事业的发展也许有用，起码足以抗衡崔台。于是便放下汤碗，跟着伴郎回到新人身旁。

一桌桌敬酒，新娘喝的是果汁，没人逼她喝酒，新郎却是真枪实弹的红酒。当然，除非亲友不依不饶，他也只是浅尝辄止。

前面几桌还好说，长辈、领导居多。接下来的，就是年轻人和同辈的亲属，这些人大声吆喝着，硬要在洞房之前“收拾”新郎一番。新郎顶不住，四位伴郎也轮流上阵。

酒壶不知什么时候交到麟可手中，他像个侍应生一样，亦步亦趋跟着一众年轻人，脸上保持职业的笑容。

一丝悲凉，涌上麟可心头，接着就是五味杂陈。眼见这样的热闹，却有一种真实的落寞感。麟可甚至想哭，又不能在这里情绪失控。

“你在干吗，你倒也上来替一替呀！”大肚子伴郎回身，举着空杯子，气急败坏地朝麟可发脾气。

麟可没动，只是拿着手中的酒壶，帮他再加一点红酒。

“我操，司仪，你还给我加，我是让你来喝！”

一股酒臭气正面扑到麟可脸上，这孩子嘴上特别脏，又连骂几句，麟可还是没动，把酒壶轻轻放在最近的一张餐桌上，转身朝上宾席走回去。

“司仪，你他妈的！”

小年轻伴郎彻底黑脸，把自己的酒杯也往餐桌上一墩，回身一把抓住麟可的胳膊。这力度不小，男主播感到生疼。

“有你这样当司仪的吗？酒都不陪，你还想不想收钱?!”

麟可抖掉对方的手，语气温和却坚定地说：“您好，不好意思，第一，我不是司仪，第二，我今天没收钱。酒，我胃疼，不能陪，很抱歉。最重要的是，别骂我妈妈！”

“你他妈的！”伴郎脸色涨红，看他的衣着打扮，应该是富二代，估计娇生惯养很少被怼，他又故意骂麟可一次。

“少找打！”麟可有身高优势，得以居高临下地俯视对方，“我警告你最后一次，别骂我妈妈！”

“你是这个酒店派来的吧？一个臭司仪嚣张什么，小心老子把这个酒店砸了！”

麟可哭笑不得，实在犯不上和这样“不清白”的垃圾人再浪费时间，于是做个“悉听尊便”的手势，继续往自己的座位走。

伴郎第二次扑上来，这次从后面猛然出手，麟可没防备，被他钳制住，两人扭在一起，不小心踢到旁边运餐的拖车，有碗筷碟子掉下来。

“不好了，打起来了！”

这突如其来的变故，惊动整个婚宴现场，所有人都站起来往这个方向看，有人举起手机，有人跑过来。

“干什么?!”

男女双方的爸爸亲自拉架，把地上的两位年轻人扯起来。好在这两人只是撑开架势，还没真打，但衣服和头发已经弄乱，地上的菜汤和彩色纸屑沾满全身。

对于著名主持人麟可来说，已经是狼狈之极！

来宾发现是麟可和人打架，纷纷围上来，用手机对着他的脸拍摄。

"一个小司仪，这么嚣张！给他惯的！"

伴郎在兄弟们的围拢下，还朝麟可的方向大声骂。这时有人小声告诉他什么，只听到伴郎冷笑，继续骂着：

一个电台小主持人，牛什么？

就是你们台长，也不敢对老子这样！

明星算什么，还不就是个戏子，我天天玩戏子！嚣张，嚣张，看老子用钱砸死你！明天就让你下岗！

靠给别人主持婚礼养家糊口！在我们这些有钱大爷面前，让他学狗叫，就学狗叫，学猪叫，就学猪叫，反正主持人学得像……

麟可把这些话听在耳朵里，看似无动于衷，接过一位女士递来的纸巾，说身"谢谢"后，擦着脸上的脏水。

那厮还在骂着，话更是难听！趁众人不备，麟可从容地快走几步，来到这满嘴喷粪的小瘪三面前，掏出拳头，用平日撸铁时最大的力度，朝他的鼻梁骨砸去……

2

麟可一个人走出酒店大门，已经是下午 3 点，正在下雨。

麻烦事儿勉强处理清楚，虽然"大领导"并没当面斥责，但脸色阴沉难看，后面就不再理睬麟可。

负责和麟可联系的领导秘书，话里有话地怼着：就是让来主持婚礼，不是让来惹事！主持完，吃完饭，消停走人得嘞，净帮倒忙！

被打的伴郎果然是富二代，还是超级的那种，家族势力很强。父母也在现场，一报出身份麟可就知道，是 F 省响当当的私企，也是电台的"金主爸爸"，每年有几百万的广告投放。

意料之中的为富不仁，伴郎父母全无涵养，不分是非曲直，抓住麟可各种刁难。特别是妈妈，像个地痞无赖，咬牙切齿地要麟可偿命！

被一众人堵住，麟可恍惚，只觉得自己如同被铜墙铁壁围挡住的猎物，等着一群无情无义的家伙轮流射杀。

偿命?！她的儿子，还没死呢！

不过，这小犊子下个月要在新西兰结婚，最好的酒店已经预订，鼻梁骨打断，婚礼只能顺延，这个责任和损失全部都要赖在麟可身上。转账9万，直到确认男主播的账户里没钱了，这一家人才一边骂着“死穷鬼”，一边像驱赶乞丐一样把他赶出酒店大堂。

早知道，自己就喝几口酒嘛，又不会死人，总比陷入眼前的麻烦要好。麟可望着账户的余额。但转念又假想出一只拳头，用力敲击着自己的胸口：

我是个人啊！活生生的大男人啊！

这么被欺负，被别人指着鼻子骂娘，被侮辱职业，被人身攻击！如果还不反抗，我还有没有做人的尊严可谈?！

开出自己的“鱼叉子”，沿着马路牙子往前溜，麟可不知道该去哪里。

回家睡觉是一个备选项，但看到父母，心里的滋味又复杂。午夜还要上节目，今天虽然是周末，但为了“照顾”听众连续收听推理故事的“需要”，午夜节目周一到周日都要直播。也就是说，麟可全年无休。

“你们搞吧，看能不能搞死我！”

麟可握着方向盘，在驾驶室里对着空气大喊。车外的行人只见这小伙儿骂得投入，却不知道骂谁。

雷声滚滚，雨势加大，转瞬间连红绿灯都几乎看不清，雨刮器的速度接近极限，马路上的车子都在爬行，麟可只好暂时停在路边一家银行的门口。

手机铃响，一个陌生号码，犹豫几秒麟可接起，心里打定主意，如果是广告推销电话，就借机发一顿脾气——实在对不起啦——他实在需要找个出气口。

“小可！”急急的中年女声，本地方言，非常熟悉，麟可听出来，正是楼下米粉店的老板娘阿姨，“你赶快到麓天酒店去，就在一楼，拦住你爸妈，他们被人骗了！”

“被人骗，怎么回事?!”

麟可的脑袋里也开始打雷，转动钥匙发动车子，马上踩油门，一边和老板娘阿姨通话，一边往老城区方向赶。

“他们要你爸妈把房子过户，又跟亲戚借了几十万，买什么保底的、高利息的理财产品。天天关起门上课，我劝过你爸妈，他们不听……”

麟可再也说不出话，只巴不得一秒就飞到麓天酒店!

老城区有很多四星级以下酒店，看着不挣钱，却也坚持很多年，现在主要做棋牌室和失足女的生意。麓天酒店在麟可父母家斜对门，站在阳台，就能看到这栋九层楼高的老红色建筑物，一楼笨重的旋转门和后院经常晒着红色的“欢迎光临”脚垫的停车场。

心急如焚，麟可在路上不停轮流拨着父母的电话，却硬是没人接。

男主播轰着豪车的油门，在雨雾中劈开一条白色的通路，不久总算把车停在自家楼下的路边，冒着雨跑进麓天酒店大堂。

一股浓重的发霉味、油烟味和酒臭味混合，直冲鼻子。

麟可对这味道很是熟悉，从小到大来过无数次，亲戚到家里做客，酒店一楼餐厅还是家常宴请的首选。

餐厅旁边有个扶手梯，直通二楼的宴会厅和会议室，麟可不假思索，熟门熟路地跳上去。刚上楼，就看到几个易拉宝和 X 展架并排放在扶梯口，“合信财富项目说明会”几个大字很是显眼，一定就是这儿！

麟可按照箭头指引，快跑过去，转个弯来到“芙蓉厅”门口。

只见整个会议厅外围的墙壁上贴满喷绘，从上到下密密麻麻写满“合信财富”的介绍、合伙人和宣讲嘉宾信息，以及课程简介。

门口站着七八个穿白衬衣、黑裤子的年轻男女，一张长条大桌子上放着十几个彩色的塑料筐子，筐子上有记号笔写的英文字母，里面摆满写着阿拉伯数字的小塑料袋子，各种手机在里面。

原来，手机都不让随身带着，这肯定不是做什么好事！麟可气不打一处来。

更让他气愤的是，会议室的门口竟然设置了一个安检门，年轻男女们围着这个门有说有笑。

不要脸的骗子！式样扮得很足！

麟可心里骂着，脸上却没有表情，当务之急是赶快找到爸妈，带他们回家。

说实话啊，钱财损失已经是小事，主要是自家单纯的父母，人身安全可不能受到一点伤害！男主播顺路又想起刚才在婚礼上和伴郎打架——这个瘪犊子是活该的，鼻梁骨断了也是自讨的，他不应该骂麟可的妈妈。

活该的！

“先生，请问您也是来参加讲座的吗？”

一位长相酷似某女演员的大胸制服小妹儿，客气地拦下打算直接冲过安检门，再一脚把会议室大门踹开的高大男士。

“嗯。”麟可不想多搭理这些人。

“请出示一下二维码，我帮您签到哦。”

“没有。”

“没关系，请问是哪位合信财富的伙伴邀请您来的呢？”小妹儿保持耐心，身子却死死挡住大门，不准麟可往里面冲。

“我只是经过，想进来学习一下。”

小妹儿作出为难的表情，看看身边其他几位同事，“这可不行呀，这是高级别的商务活动，我们都是邀约制，没人介绍，您下次再来参加吧！”麟可却不肯走，身子还往里面蹭。

正这工夫，紧闭着大门的会议室中传出一阵热烈的掌声和欢呼，正好有人往外走，麟可一眼就认出，也是邻居，姓穆的叔叔。

“小可，你在这里干什么？”

穆叔叔一抬头看到邻居家的小孩儿，张口就问。

“我爸和我妈呢?!”麟可抓住救命稻草，绕过制服小妹儿，扯过叔叔的手臂。

“在里面填表呢，你有急事找他们？”

麟可忙着点头，非常急，您能把他们叫出来吗?!

“行啊。”正准备去洗手间的大叔回身，走进会场去喊人。

3

“先生，你是找人的，堂堂正正，干吗撒谎呢？”

一位主管模样的制服男人靠近，警觉地打量麟可，眼里充满敌意。刚才的制服小妹儿掏出手机，正和什么人通着话，掩住嘴巴，眼睛却死盯着麟可。

“找人不行吗?!”

麟可控制不住，大吼道，“手机都不让随身带着，你们在干什么违法的勾当，把老年人都聚到这里，传销洗脑吗?!”

“请注意你的措辞，我们是正规的国际大公司，你敢诽谤污蔑，我们可以告你！”制服男面露凶光，他说话间，另外几个小年轻都围拢过来，抱着肩膀盯着麟可。

“你们是什么人，和我没关系！但是，你们敢害我爸妈，害穆叔叔，我饶不了你们！”

一众人听这话，集体露出轻蔑的微笑：“就你这个样儿，还饶不了我们，请问你能把我们怎样？我们是合法公司，正常的商业行为，受法律保护！你的家人愿意投资，那是看中了投资回报，投资自愿！”

“合不合法，等警察来了再说！”

麟可掏出手机，快速地拨打110，立刻贴到耳朵上。制服男见状伸出手，一把将手机抢过来，按掉通话，再一扬手，把手机甩在光滑的大埋石地板上。

“你干什么?!”

男主播直起腰身，正面迎接一众小青年，他知道，今天可能又要第二次开战——行，来吧！没什么可以再害怕的！

“芙蓉厅”大门打开，一位穿粉裙子的娇小女人，紧跟着穿蓝色衬衣的高大男人走出来。麟可认出，我的亲人啊，正是自家的亲爹亲妈！

麟可推开所有人，把爸妈的手臂扯过来，硬拖着他们走出安检门。

“你怎么来了?”爸爸满脸诧异，也有一点惊慌。

“你们在干吗，赶快回家！”

麟可脸上的肌肉抽搐着，强压着心头的一场暴风雨，眼前必须先带父母安全地离开这个可怕的诈骗陷阱。

客厅里，男主播终于爆发，把手里刚被砸花屏的手机，再次扔在地板上，带着哭腔吼道：

“我哪里对你们不起，亏待你们，你们要去做传销?!”

父母坐在沙发上，缩着身子。

“不是传销，我们也不傻，那个不敢碰，我们是买了理财产品……”爸爸胆子大一点。

“你们懂不懂啊，就搞理财！现在的骗子太多，你们也不看新闻，被人骗了怎么办?!”

“这个不会的！”这次换妈妈回答，这位刚在欧洲游时庆祝五十岁生日的妈妈，脸上没有一点皱纹和下垂，衬着她的粉色裙子，就像羞涩又清纯的美少女，“是保本的，我们跟着吴总买的。”

“吴总？”麟可的心咯噔一下，“哪个？”

“就是咱们一栋楼的，送水果的，吴总。”爸爸轻松起来，“都是知根知底的，靠得住！”

“靠得住？”麟可冷笑，“一个刚搬过来的邻居，怎么看得出靠得住？别说外人，这些骗子，连亲爹亲妈都照骗不误！拜托你们长点脑子，别过得像外星人一样，地球上发生什么，你们完全不知道，就沉浸在自己的世界里自娱自乐。别人啊，最喜欢骗你们这样的！”

“吴总，看起来不是这样的人……”妈妈还想辩解，看儿子气得满脸大汗，实在不敢再惹他。

“你们，已经投了多少钱？”

麟可眼冒金星，靠在沙发垫上，虚弱地问。接下来的数字，不管是多少，他已经下定决心，一定要帮父母填上窟窿，哪怕自己卖房卖车，也不能让他们着急上火，更不能卖掉爷爷和外公家的老屋共同换来的这套房子。

爸妈交换一下眼神，正好被麟可捕捉到。他腾地一下坐起来，大声喊道：

“不要撒谎，是多少就是多少！让我查出你们撒谎，我就死给你们看！”

“买了三次。”

爸爸老实坐定，像个做错事的孩子，“第一次，36 万，我和你妈手上全部的钱。第二次，47 万，就是给你的那张卡，你没要，我们就全投进去了。第三次，是今天，25 万，是跟你小姨借的。”

麟可在脑子里加着这三个数字，边算边颤抖，感觉自己已经被判处死刑：“108 万啊，谁给你们的胆量！……”

“这是投资，你不懂，我们都上了课，公司还请到大律师给解释条款，肯定保本不说，三个月就能返回 15% 的利息，这样一年下来，连本带利就是 173 万！”

“人心不足蛇吞象啊！”麟可在地上狠狠跺脚，此刻真想一头撞死算了，“你们整天在家里风花雪月，知道现在外面是什么行情吗？贩毒都没有你们这个行当来钱快！还利息呢，我看你们的本金都要折掉！”

“不会吧？你穆叔叔上个月已经拿到利息，好大一笔钱呢！”

妈妈有点将信将疑，但自家优秀至极又见多识广的宝贝儿子，不会无缘无故回到家里吓唬爸妈。

麟可实在无可奈何，只好手指楼下米粉店的方向：“今天是阿姨给我打的电话，她都知道你们遇到骗局，只有你们还执迷不悟！米粉店里人来人往，做个有心人，阿姨也能听到很多，所以她劝你们，你们却不听！”

这下，说到爸妈的痛点，确实啊，米粉店老板和老板娘被吴总拉着，只去听了一次课，几分钟就出来，死活不肯再去，还暗地里劝多年的老邻居，擦亮眼睛，毕竟这是真金白银的事儿，这群人看着怎么看怎么像“大忽悠”。

“我再问你们，房子没卖掉吧?!”

妈妈瞅瞅爸爸，小声回答：“还没呢，本来打算昨天去，你爸出门的时候忘带身份证，只好等到下周一……”

“我的天，还‘只好’！”

麟可发现过度生气，心脏也会跟着疼，望着眼前这一对眨着两双懵懵懂懂的大眼睛的爸妈，真是骂不得，大声吼也不行，只好压低声音，用绝望至极的语气说道：“房子没有了，请问你们住在哪儿？你们可以搬到我的别墅去，但是百年之后，你们还能面对九泉之下的爷爷和外公不？”

“我现在就去找吴总，现在就去要钱！”

爸爸站起来，径直就要出门，被麟可拦下：“你们已经和对方签了合同，这些合同的套路肯定不少，人家怎么会轻易还钱，去争去吵于事无补，这些人看起来也很凶，万一伤到你们怎么办?！接下来还是交给我，我来想办法……”

“儿子，又要辛苦你！”娇小的妈妈突然哭了，“我和你爸就是看你累，才想给你挣点钱，给你分担一点，谁知道竟然给你添了这么大的麻烦，实在对不起啊！”

4

傍晚 5 点，《零点敲敲门》的稿子准时发到麟可的工作邮箱，今晚没人帮忙代班，“活儿”还要麟可自己干。

岷江在稿子上标明，警方已经审核——看来，《七日》的第五天，作者的想象和案件的实际侦破已经大相径庭，毕竟子鱼姐身在国外，没有透视眼，不能洞悉上万公里之外，发生在某城某辖区警局的案件进展。

效警官在节目开播前特意给麟可来个电话，确认还是由他播讲之后，竟然表现得很高兴。按照他的说法，这期节目警方肯定会锁定收听，由大家的偶像麟可老师来播，“我们更爱听。”

这是什么逻辑?！姑且把这算作恭维，也是这几天小麟同学听到的最暖心的恭维。

“就为了这些还喜欢自己、支持自己的听众，用力做好每期节目吧！”

想到这儿，麟可把手机重新打开，认真熟悉着稿子，又掏出纸笔，精心设计节目开场白和两个故事之间过渡的桥段。

纸笔在手，可没几分钟男主播又走神，不知不觉在纸上乱画起来。

先是小时候最爱画的流鼻涕的小人，然后是一张张哭笑鬼脸，最后，神使鬼差中，麟可手中的笔，画出那个符号——

小瑾的刺青。

这刺青好似带着某种诡异的魔力，出现在纸上就立刻深深地抓住纸张里的纤维，闪现着墨水特有的光泽，让人无法移开视线。而且，一周之内竟然出现四次：小瑾的手指，小泠打印的稿子，小萝的手指，子鱼姐的项链。

终于，坐在老旧楼房自家卧室书桌兼化妆桌旁边的麟可，想起了这个刺青的前世今生——

的确，在本周之前，自己见过这个符号，甚至可以说，它和自己有着非常密切而且直接的关系！

可是，为什么会忘记得那么干净！究竟是谁或哪种魔力，篡改了自己的记忆呢……

麟可手握话筒，不顾小泠连日来的注视，全神贯注地演绎着手中的稿子，《七日》第五日：

死者没有固定男友，也没有网恋迹象。

在排除了一直纠缠不休的初中男同学，和一夜情对象——某发型工作室双性恋理发师的杀人嫌疑之后，年轻人最容易遭遇到的情感问题方面没有实质进展，警方的调查视角，重新回到发现尸体的锯木厂及周边区域。

除了工作而结交的人际网络，身为外地人的死者，在本地的亲友关系和日常生活十分简单。

她住在主城区的出租公寓，旁边就是大型购物中心和街心花园，工作的地点是高档的写字楼或有专门保安的机构。按照她的行动轨迹，她的尸体，为什么会出现在号称“城市里的农村”的偏僻地带?!

通过排查公交车公司、出租车公司和叫车软件，没有发现死者利用这些交通方式前往锯木厂周边的记录。沿线的交通摄像头和银行等机构的摄像头，也没有发现死者自己开车，或坐在副驾驶座，甚至步行的迹象。

遇害的这个下午，只有一个号码不停地打进她的手机，警方也很快排除了对方的杀人嫌疑，这只是一个无关紧要的人物，他想打听的，是另外一个秘密。

而这个秘密，在死者的案件水落石出之际，也会随之一并解开……

讲到这里，麟可的心紧一下，略微停顿，继续读下去：

既然发现尸体的地方，并不是死者遇害的场所，那么搬运和抛弃尸体的人，也不一定就是杀害死者的凶手，这是警方破案的常识。

目前，起码可以断定，抛尸的人有锯木厂大门的钥匙。

而死者，要么是“坐”在某辆汽车的后排座位，要么是被“放置”在某台车子的货箱里，从市中心来到锯木厂区域。

死者的工作，类似产品销售。不过，这种产品不是有形的，而是媒体广告。

而她的工作，又不单纯是销售，还要负责客户服务，并与所代理的媒体衔接到位，经常要到客户的办公室介绍方案、送合同、送发票，定期拜访……

午夜节目播完，麟可目不斜视地从八楼直播间走出来，大步流星跨过导播间，视小泠为空气，再回到五楼办公区收拾东西，看到亚克力的包还放在桌上，电脑一闪一闪的，小会议室的灯亮着。

周日的凌晨，还“坚守”在岗位上，这明显是要评先进的节奏呀！

全台都知道，门禁刷脸系统的记录，总监和台领导每周都会收到周报，对本部门和全台的出勤情况，一目了然。频道的女总监也在周例会上几次表扬亚克力“爱岗敬业”“废寝忘食”！

麟可对此嗤之以鼻——天天待在台里，就是爱岗敬业吗？明明一小时可以做完的工作，偏要磨洋工，在办公室耗着，纯属浪费台里的电力和空调！

而且，周一上午7点半到9点，一个半小时的节目，有编辑配合，再加上一位女搭档，配三个实习生，需要提前30多个小时就到台里准备吗？这样的废寝忘食，不是故意作秀是什么？

蹑手蹑脚走到小会议室的玻璃窗外，透过密集的百叶窗向里面张望，果然，麟可看到亚克力正蜷缩在沙发上，肚子上盖张小毯子。

太夸张了！犯得着为了上位，这么自虐吗？

麟可退回自己的座位，看着午夜之后依然灯火通明的办公区，不禁哑然失笑——年纪轻轻，亚克力完全没必要这么“祸害”自己！只要没有我麟可在，他可以轻松占据C位，成为“电台一哥”。

我走就可以嘛！让崔台寻个不是，把我开除也行嘛！干吗要遭这种罪！

麟可把车子横在马路边，来到米粉店不远的烧烤宵夜摊，拿起桌上简陋的打印菜单，认真地点起来：

口味虾尾一份，重辣。姜辣凤爪一份，鸭掌筋一份，放肆地放辣椒。猪油拌粉，别节省猪油。烤茄子，狠狠放大蒜！凉拌蒜苗，凉拌香干，再来一个凉拌豆笋。羊肉串烤2手，韭菜、土豆片和四季豆随便烤！

“得嘞！”

老板麻利地下单，木炭炉上顿时忙活起来。老板娘则在灶上给虾尾和鸡爪子入味。

“帅哥，几位？”

跑堂的可能是老板儿子，个头和脸型与亚克力差不多，也戴副眼镜，麟可没搭理他。

“那成，先给您拿一副碗筷，来人再加。”

麟可故意把头别过去，不看跑堂小哥。不一会儿，各色菜品就上桌了。今晚下节目，特别特别饿，很久不吃宵夜的男主播，准备放纵自己一次。

“这么巧啊，是麟可老师！”

麟可的肩膀被人狠狠拍一下，抬眼一看，不是旁人，真正的冤家路窄，原来正是拉着爸妈去买理财产品的邻居，“吴总”！

吴总见麟可一个人，熟络地拉开椅子，坐在男主播的对面，斜着眼睛看他，“下节目了？”

男主播拾起新买的手机，盯着屏幕，对吴总不理不睬，双手却抖得厉害。

“这么晚，真辛苦呀！”吴总自顾自地搭话，“哪行哪业都不容易，当明星也难！”

麟可扔下手机，用筷子用力敲着盛羊肉串的不锈钢托盘，把一颗碍眼的辣椒籽抖掉。

“话说，断人财路可不好呢！”吴总皮笑肉不笑，话里有话。

正这工夫，夜宵摊老板儿子又摆上一套餐具，放在吴总面前。麟可马上斥责道：“我让你给他拿碗筷了吗？你这个人怎么回事？！”

这老板儿子也是位年轻人，火气蛮壮，可能对麟可刚才的不理睬也有一点怨气，这下子也拉下脸来：

“你这个人真难伺候！刚才我问你几个人，你不说话，我说来人再加，你也没说不用。我好意给你的朋友拿碗筷，你怎么这个态度！”

麟可瞥一眼男邻居，“我的朋友？我可没有这样的混蛋骗子朋友！”

此话一出口，吴总的脸先是红起来，转眼又变黑，望着麟可，收起笑容：“你什么意思，骂谁是骗子呢？”

“骂你！”麟可直视对方的槟榔黑牙，“你骗我爸妈这么多钱，我正要去找你，你还好意思和我打招呼！”

“我看你是平时被惯坏了，不知天高地厚。”吴总掏出一袋槟榔，拿出一颗大肆地嚼着，“上次在米粉店看你那个德行，老子就想搞你了！都住一栋楼，装什么大尾巴狼！今天下午你大闹我们的会场，让我在公司出丑，我还没找你麻烦，你先来骂我……”

“你就明说，还不还钱？！”麟可只管正事。

吴总把嚼碎的槟榔渣滓直接吐在桌上，口水飙在一桌吃食上，露出一副地痞流氓的模样，和之前判若两人：“小子，告诉你，你爸妈人不错，本来我还想让他们赚几次利息，少亏点钱，不过看在你的面子上，我让他们血本无归。”

“我去告你！”麟可握住拳头。

“奉陪到底。”吴总仰着脖子笑道，“而且是，黑白两道……”

Day 6　第六天

周日，阴转多云

1

青红辣椒先后赶到社区警局，天边已经显现一丝虾皮粉色。

“当家花旦”之一的青辣椒麻利地去办手续、交钱，顺路和认出自己的“粉丝”们自拍合影。开朗、干练的她曾经多次主持警民联谊活动和大型晚会，在 F 省的警察心中，稳居女神宝座。

红辣椒回车上找出一块干净的格子手巾，那是参加某人葬礼后家属的回礼，用瓶装矿泉水润湿，帮麟可擦净脸上的血迹。

不久，红辣椒请来的律师朋友也赶到警局，详细了解麟可父母被骗的始末，嘱咐麟可尽快收集直接和间接证据，向警方报案的同时，准备对涉嫌诈骗的“合信财富”起诉。

律师特别提醒：既然已经选择走司法渠道，男主播不能再冲动，更不能再殴打相关人等。杀敌一千，自损八百，这样的正面冲突无助于款项追回。

麟可，没反驳，没辩解，对律师的话虚心听取，照单全收。

三人走进停车场，天已大亮，站在青辣椒的车子前，半天没说话。

“找个地方嗦粉吧，从你休假回来到现在，还没给你接风呢！”

还是爱说爱笑的青辣椒打破沉默，一副轻描淡写的表情，看着麟可的嘴角又出血，丢给他一张纸巾。

红辣椒也附和，难得大家一起吃早餐，弄个“豪华大礼包”，到五星级酒店吃自助早餐，里面粉啊、面啊一应俱全。

麟可摇头，“S市最好的米粉，就在我家楼下，要嗦就嗦她家的。”

“大人，都听你的！”

青红辣椒各自发动车子，很快就来到麟可父母家楼下。男主播“噔噔蹬”跑上楼，十几分钟下来，已经洗澡换完衣服，嘴角的伤口露着白碴儿，好在不深。

三碗热腾腾的米粉上桌，扎扎实实的码子，各种辅料都堆进碗里，三人边嗦边聊——

“两个新闻，先听哪个？”红辣椒喝着米粉汤，抬眼看麟可。

“有好有坏吗？”

“世界不是非黑即白，没有绝对的好坏之分。”

“和我有关吗？”

“和你没直接关系，但你肯定想听！”

“那看你心情，随便你。”

“其实两个新闻都与一个人有关：一是，小冷不是崔台弄回台里的，而是杜台，这段时间大家都在传小冷是崔台的亲戚，其实不是。话说广电也不是崔台自家开的，他一个副台长，哪能把那么多亲戚往里面安排！二是，小冷把亚克力骂了一顿狠的，按理说他在服务岗位，轻易不会和一级的主持人正面冲突……”

说到小冷，麟可确实感兴趣，放下搪瓷碗，用舌头收拾一下牙齿上的食物渣子，不解地问道：

“在广电系统，杜台不论排名还是资历，都与崔台不相上下，但是能确定小冷是杜台的亲戚吗？前些年确实没听他说过。”

“这就不得而知，也不重要，话说在这个系统里，谁没点‘上层建筑’呢！”红辣椒起身刷墙壁上的二维码买单，麟可想拦着，没拦住。

“可就因为这场架，大家才知道小冷和亚克力不是一个山头的，再仔细调查，才发现原来小冷是杜台的关系。”青辣椒用筷子拨弄着搪瓷碗底剩下的米粉，“在这个台里啊，忙的忙死，像我们这些人，平时哪有时间八卦，但闲的也闲死，衙门作风不说，还就喜欢搅和这些破事！”

“他俩吵什么？”麟可关心“重点”。

“这个说来就和你有关啦！”红辣椒似笑非笑，这模样真是普通人日常生活中难得一见的美人和美态，“虽然我们都没在场，但据‘目击证人’描述，小冷7点下了夜班却没有离开导播间，早间交班的导播已经就位，他还坐在沙发上喝水。亚克力进来之后，小冷就用脚把他拦住，说了一大通——”

青辣椒习惯性地接过话头，作为默契的搭档，她深知在一档节目中，不能总是某一位主播当“麦霸”，听众会感觉单调，所以她就会适时地接过麟可或红辣椒的“话把儿”。

“小冷几乎是指着亚克力的鼻子训道：这个台里什么时候冒出你这么个人物？你有什么权力抹黑《辣椒家族开心派》，你有什么资格爬到麟可头上作威作福……”

“我，是说我吗？”麟可指着自己的鼻子。

青红辣椒齐齐点头，就是说你！

红辣椒继续补充：“然后亚克力就拼命解释，自己没有。小冷说道：你还想糊弄谁？你那点小心眼人尽皆知！麟可主持晚高峰节目的时候，你还没从石头缝里蹦出来呢！你就是想把人家挤下去，取而代之，可我告诉你，你要搞下三滥的那套，老子拿你没完……”

这，不可能！

麟可的气管，突然像被米粉化作的巨石堵住，连气都出不顺畅，内心的滋味啊，五味杂陈！

小泠，自己多么害怕提及的名字，又曾经是自己多么亲密的好友啊！

当年，大学毕业的麟可和小泠同一批招聘进台，两人分到一间宿舍——那时候老台还没有搬迁，在一块比较偏僻的黄土坡上，为了方便年轻人在台里加班，一楼空置的办公室隔开，两人一间，每人一张单人床，就像大学寝室。

麟可和小泠迅速成为好兄弟，两人整天一起打游戏，一起看足球赛，一起吃饭，一起逗弄女同事，就像别人眼中的“基友”一样。

初进电台，麟可是新闻部的实习记者，可他一心想有一档属于自己的节目，便利用业余时间拼命练习普通话，参加主持人考试。小泠是以广告部的业务员身份招进台里，可他想当编辑，也在准备考试。

小哥俩互相支持，不过可惜，麟可很快如愿以偿，小泠却没有达成心愿，他申请到频道综合管理部工作，不久当上导播，恰好是麟可做主持人的时段。

初入行的麟可，没有主持晚高峰节目，而是中午 12 点到下午 1 点半的点歌节目。那时候很流行在电台点歌，所以收听率还是很不错的，麟可也做得如鱼得水。可惜，这一切在 7 年前戛然而止！

麟可和小泠的命运同时被改变，都是因为一通听众来电。

“今天，是个很好的机会，我也有一个新闻——”

青辣椒彻底推开碗筷，她今天吃得不多，“我打算接受绿钻集团陈董的请求，以女朋友的身份正式和他交往，希望得到你们的祝福……”

啊！这确实是新闻！

麟可与红辣椒交换惊讶的眼神，陈董他们都认识，绿钻集团原来冠名过《辣椒家族开心派》，主业是做电缆的。三人和五十多岁的陈董吃过两次饭，没想到，青辣椒却和对方神不知鬼不觉地好上了！

“豪门路漫漫，多长几个心眼，准备一场持久战吧！但我会祝福你，我的老伙伴儿！”麟可搂住青辣椒的肩膀。

“我也祝福你，亲爱的。”红辣椒伸出修长的手臂，隔着麟可，牵住青辣椒的手指。

“本来也没这么快，昨晚才答应他。因为，我终于想开了，放下了。”青辣椒一副如释重负的表情。

红辣椒又瞅瞅麟可，没作声，只是淡然笑笑。

“还有哦，我今天就正式澄清一下：老麟，我虽然对你有感情，但那不是爱，是喜欢。”青辣椒的眼圈忽然红了，有点倔强地甩甩新剪的短发，“这一周发生很多事儿，让我看清楚咱们之间的关系。我原来只是喜欢你，喜欢你那嬉皮笑脸的模样，叫活泼可爱也行啊，但，那不是爱情。”

“凭什么不是爱情?!”麟可还来劲了，想逗逗女搭档。

“因为被你拒绝之后，我竟然，竟然……”青辣椒突然又笑起来，“我竟然完全不难过啊！”

我勒个去！麟可看着青辣椒的鬼脸，忍不住朝自己的鞋面呸一口。

“那我也来说说。”是红辣椒，“其实，我也对麟可你有感情，但我爱你，却不是喜欢你！”

“这什么逻辑？”青辣椒和麟可一起转向她。

红辣椒粲然一笑：“我对你的感情，是亲情，亲情就是一种爱！但你不是我的 Mr Right，我不喜欢你，你长得太高了，我爸就很傻高，我妈妈就很烦他，打死也不会让我找根电线杆儿！”

麟可作出晕倒状，青辣椒却突然叫起来：“你不要他，这几天为什么老怼我，朝我们发脾气?!”

“你这个傻瓜啊！”红辣椒的鼻涕和眼泪同步飙出来，“你只顾着麟可是不是爱你，你怎么就忘了我呢?!我也爱你啊，你也是我的亲人啊！你们俩如果真好了，就一起不要我了……我怕失去麟可，但我更怕失去你这个好姐妹！”

“你才是傻瓜呢！我一直一直都爱你，从来没有改变呢！”

青辣椒起身抱住红辣椒，两个女孩儿哭在一起，好在清晨的米粉店客人还不多，但麟可还是不得不把两人扯开，太尬啦，地点不合适。

“所以，你自由啦！”红辣椒把麟可的脖子也搂住，竟然上来亲了一口，“从今天开始，做好每一期节目，让电波那头的女孩子，都疯狂地爱上你吧！”

2

22：30，麟可鼓起全部的勇气，今晚不能再逃避，一定要和小泠好好谈谈。带着一肚子的话，飞奔上电台八楼，却发现今晚做导播的不是他。

Up 姐在电话里回复，先别想他，小泠生病，今晚请假，明天 7 点上早班。

这份失望啊！

也不知怎的，此刻，麟可是这么“思念”曾经的战友。他对 Up 姐的洞察力佩服得五体投地，电话那头的她是怎么知道此刻的麟可，巴不得数着手指头，企盼明早赶快到来！

上一次，这种急迫的心情，还是对待小瑾之前的那位女孩儿，大学学妹。麟可喜欢她的一切，她也深深爱他。

唯一的遗憾是，理由和红辣椒一样：她太高了，足有 174 厘米，还爱穿高跟鞋，和自己走在一起就像“哥俩好”，完全没有爸妈在一起萌萌的“身高差”。

麟可主动淡下来，后来女孩儿嫁人，离婚，出国。

《七日》到了第六日，围绕着死者的工作关系调查，重点是死者的老板、同事兼室友。推理作家子鱼正式预告，明日，她将彻底揭露杀人凶手的真实身份，也将揭示案件背后全部的隐藏秘密！

估计警方允许节目继续播出，也正是在等待这个结果。

既然如此，就让我们和听众一起，静候“最后一日”的到来吧！

凌晨一点下直播，麟可已经耗尽全部气力，把车子丢在台里，在叫车软件上喊来一辆车。

银白色小轿车停到电台门口，男主播一拉车门，坐到副驾驶位置上，抓起手机，低头刷着朋友圈。

“哎，兄弟，是你呀！”

开车的师傅热情地打招呼，麟可认出，竟然是一周之前，自己在二环路上追尾的那位车主。

“真巧啊！”歪在座位上的麟可也有点惊讶，“上次实在对不起，应该把钱给您的，毕竟我把您的车撞坏啦。”

“没事，你那是急事，可以理解。”

麟可没有犹豫，面对驾驶座上的大哥，语气中充满歉意：“对不起，我骗了您。其实，那天我不是去医院看病人。”

大哥直视眼前的马路，微微一笑：“那也没事，你开得那么快，自己也受伤了，肯定有原因，只是不方便告诉我而已。”

“我上节目就要迟到，所以……”

“过去的小事儿，别提啦，咱俩又见面就是缘分呀！”大哥拍拍方向盘，就像拍着麟可的肩膀。

“那等下我给您双份儿的车钱。”

“不用呀！”司机大哥摇着头，发出爽快的笑声，“你是在电台上班吧，我不要你赔钱，只想打听一个人，不知道你认识不？”

“您说，是谁？”

“麟可。”

听到自己的名字，男主播的眼珠转转，没吱声。

“是这样的。”司机大哥有点不好意思，“我觉得你的声音，很像麟可。”

“确实有点像，可能主持人都这么说话吧。您打听他干什么呢？”麟可还有一丝防备。

“除了晚高峰，他又主持午夜节目了吧？我这些天一直在听，几分钟之前还在想，他刚下节目，说不定在广电这边转悠，我还能接到他呢！”

“您还挺关注他的。”

麟可把身子靠向车窗，刻意拉开和司机大哥的距离，“他确实主持午夜节目，不过我刚才看到他开车回家去啦。”

“其实，我没别的意思。”司机大哥憨厚一笑：

我特别喜欢麟可，听了很多年他的节目，特别是晚高峰《辣椒家族开心派》。我原来就是的哥，从点歌节目开始就知道他。

我们开的士辛苦，在路上讨生活，身子遭罪还是其次，和人打交道总有烦恼，也有委屈无助的时候。麟可每天陪伴我，给了我很多欢乐，也给了我很多正能量！

有一次，我被喝醉的客人打了一顿，就一个人把车子开到江边，想干脆冲进水里死掉算了！收音机里正在播麟可的节目，他那天放了一首歌《真心英雄》，讲起自己一路走来的心酸经历。当时我就想，就算是大明星主持人也有这么艰难的过去，不经历风雨，怎么见彩虹，我这点事儿也不值一提！听着听着，就打消了轻生的念头。

还有一次，我送一位孕妇去医院，不小心闯了几个红灯，但孕妇家属嫌麻烦，不愿意给我作证。我只好拨通麟可节目的热线求助，结果违章立刻消除，出租车公司还给我发了一笔奖金。

我还经常听到麟可批评路上不守规矩的司机，提醒大家开车注意礼仪。S 市的人素质越来越高，开车的越来越礼让，S 市还评上“文明城市”，这离不开麟可和电台诸位老师的辛苦努力。

不过，有时候我也在想，麟可每天都这么阳光，生活里的他是什么样的呢？

他有没有烦恼呢？遇到烦恼时，他又是怎么处理的呢？

要是我能看到他本人，就好啦……

借着夜色掩映，麟可用手指抹去眼角不断涌出的眼泪，生怕司机大哥看穿。好不容易才调整气息，幽幽地说道：

“如果有一天，他坐上您的车，您想对他说什么呢？”

“我想说，别活得那么累！”

“累？”麟可诧异，“您，为什么有这样的感觉？”

“因为，我们每天都在电波这头，专注地听他的呼吸，听他说出来的每个字。他的情绪变化，哪怕是最细微的，我们都能感受得到，因为他是我们最亲近的好朋友呀……”

车子不知不觉来到米粉店门口，麟可下车，摇摇手机，“我已经把车费付给您啦！”

“谢谢！”

司机大哥摇下车窗，抿着嘴，终于笑起来挥挥手：

“麟可老师，您能坐我的车是我最大的荣幸，不管遇到什么事儿，都要记得还有这么多听众，感谢您给我们带来的快乐！加油吧，兄弟！……”

家里灯光温馨，麟可旋开钥匙孔，只见爸妈依偎在沙发上打盹。电视自己上演，是金庸先生的老片子，黄日华版的《天龙八部》，正演到全剧最高潮：阿紫姑娘悲痛欲绝，自挖双眼，抱着姐夫乔峰大侠的尸体从悬崖上一跃而下！

苦情的庄聚贤也紧随二人，跳下山崖……

发觉儿子到家，爸妈双双惊醒，麟可轻言轻语，请他们安心回房睡觉。

又是一个夜晚，也是一个凌晨。

说不准是旧一天的终点，还是新一天的起点。

Day 7　第七天

周一，晴

1

清晨 7 点半，麟可已经出现在八楼直播机房，为了这个重要时刻，又是一夜未眠。

不知道年轻人的身体，连续熬多少个通宵是极限，麟可用自己 186 厘米，140 多斤的血肉之躯，做着极其危险的试验！

小冷，果然端坐在导播间的椅子上，脸朝着电脑和直播间，专注地盯着早高峰节目播出进程，不时接通听众来电。亚克力，果然斜坐在直播间的椅子上，嘴对着话筒，正神采飞扬地侃侃而谈，女搭档不时偷眼看他，发出略显夸张的笑声。

麟可轻轻走进导播间，坐在小冷身后的沙发，凝视着他的背影——

瘦了，那个爱打游戏不爱健身，只看球不踢球的极品宅男，好像比当初更加单薄。

如果沙发有眼睛，可以很清楚地看到小冷脖颈部的汗毛，细细柔柔的，像一群孩子。以前，每次和麟可在夏天的傍晚去吃火锅，大颗大颗的汗水就从这里流下来，湿透他的程序员同款格子短袖衬衣。

小冷，肯定也已看见麟可，但他没有转身。

两个大男人就这样僵住，起码 40 分钟。只听到直播间里亚克力和女主播卖力地讲解着一家给节目冠名的房地产客户的软性文案，吆喝着入户花园、不收钱的看房班车和紧邻地铁无与伦比的快速升值机会。

“你吃早餐没？”

小泠忽然转身，变戏法一样掏出一颗水煮蛋，轻轻抛到麟可的怀里，男主播赶紧接住，还是热乎的。

“还是用热水壶偷着煮的吗？”

麟可指着导播间柜子里的一个暗格，那是小泠以前藏小电器的地方。

“习惯了，不易改变。”小泠轻声回答。

“那鸡蛋呢？”

“肯定是古叔家的，我还是找他买，一晃吃了这么多年。”小泠笑笑，脸上有几道麟可不熟悉的皱纹，“母鸡都不知道换过多少茬，蛋，还是老味道。”

“古叔人实在，不掺假，就是年纪越来越大……”

“去年做过一场大手术，人差点就没了，他家的鸡蛋越来越珍贵。”

麟可用沙发扶手把蛋壳磕开，剥净蛋壳，咬一口蛋白，只见浅黄的蛋黄色泽自然，微微起着沙，不由感慨：“老的，还是好。”

“是呀，老来多忘事，唯有老友——不能忘。”

小泠说完这句，和麟可又一起陷入长时间的沉默。

导播间里并不安静，路况信息之后，亚克力兜兜转转又回来说买房子的话题，时不时就提及这家房地产客户的名字和地址。麟可想起来，这个客户也是声优传媒投放的，小瑾也请自己“关照”过，不过后来没有冠名晚高峰，而是选择了早高峰。

“快 9 点了，你要去开会。如果有空，中午咱们一起吃个饭。”小泠脸朝电脑，好像自言自语。

“有空，有空！”麟可求之不得，赶快答应。

“12 点，就到那家咱们最喜欢去的西北拉面馆，葱油饼还是那个味儿。”

“成，就吃葱油饼！”

小泠转身，看了麟可一眼，眼里有些泛红，男主播的鼻子也酸了……

今天的周一例会，女总监一反常态，火气冲天，连衣服都是应景的大红色。迟到的人，被她毫不留情地批评一顿，差点赶出会议室。发言时，但凡有一句话不中听，她就会立刻打断对方，讽刺、挖苦外加炮轰！

众人暗想，该来的更年期总会来的，只是时间早晚问题。

再说，这才是她的“英雄本色”嘛，看她平日装得那么辛苦，整天把“爱惜自己的羽毛”挂在嘴上，确实难为了她。话说人哪里会有羽毛，长羽毛的都是“鸟人”。

见女领导这副尊容，一众人大气都不敢出，低着头假装记笔记，生怕触到霉头。只有麟可把背挺得笔直，稳坐在椅子里，内心平静，如同置身于古叔家屋后的那排鸡舍。

女总监看麟可的眼神极不友善，麟可不傻，也许，她今天的脾气并不是撒给每个人的，目标直指的就是这位“电台一哥”！

果不其然，岷江代表节目部刚说几句就被总监打断，她对频道的领导层还是留有情面，但也把眉毛扭成天津麻花，腮帮子鼓成狗不理包子：

节目部的工作必须狠狠抓一抓，我自己听了你们的节目，狗屁不通！

总编室和总台监听连续不断地批评，我像个救火队员一样整天给你们擦屁股！

我们有的主持人，特别是一些占据黄金时段的明星主持人，明显没有带脑子来上班，脑子留在哪儿？留在周末自己接的私活上吧！

接私活，你就好好接，别继续拉屎！拉完干脆就自己吃掉，别留着又让别人擦！这叫什么？尸位素餐，我看赶紧给别人让让位置，别占着茅坑不拉屎！

刚下节目的亚克力听到女总监满嘴的“屎尿屁”，频频点着头，在本子上连写带画，不知道在这席话里他能听出什么重要内容。

众人的视线都偷偷聚焦在麟可身上，这都是一群八爪鱼和人精变的。麟可周六在“大领导”嫁女宴上和金主爸爸的儿子大打出手，周六晚上和人家打架，还进了“局子”的事情，已是人尽皆知。

此时的麟可，就像初次走上溜冰场的菜鸟，连续跌倒，根本没有爬起来的间隙。

看这模样，麟可已经没有作为节目部骨干员工发言的余地，但是岷江之后，却轮到他。

麟可知道此刻离开椅子意味着什么，也许就是自己职业生涯的终结！但还是缓缓站起来，在所有人错愕的眼神中，朝女总监鞠一躬：

“实在抱歉，身体突发状况，我要去趟医院，现在向您请假。给您和频道添了麻烦，我非常抱歉——”

在一片死寂之中，麟可拿起背包，把椅子轻轻推回原地，走出会议室。还没到电梯口，就听到“咣当”一声，总监限量版的水杯报废了。

直接上司岷江快步走出来，追上麟可，想把他拦住，但手臂又垂下。见四下无人只能小声道：

“年轻人啊，你实在太冲动！但目前的状况，避避风头也好，就是别走远，从医院回来找我，等下我会好好劝劝总监……”

麟可向眼前的老大哥深鞠一躬，当年他勇救被洪水围困的群众可不是一般记者常见的作秀——什么暴风雨中故意吹飞风衣，台风来了抱着个电线杆子大喊大叫，他是真的冒着生命危险跳进极其凶猛的洪水中，把一对落水母女推上冲锋舟，而自己被卷走几百米……

麟可永远坚信：这样的人，绝对不会和女总监之流有任何苟且！

电梯正好到来，男主播毫不犹豫地迈步走进，转身朝岷江挥挥手。青红辣椒的微信立马跟来，Up 姐也留言，麟可没有点开，此刻，他的心里只有一个名字——

小泠。

2

听说周一例会在麟可离席、总监砸杯子之后的 3 分钟内草草收场。这 3 分钟里，没有人再说话。

麟可确实去了广电医务室，伤口今天拆线。医务室的小护士不明就里，还在调侃这位帅气的主播小哥儿，近期连环挂彩，可以考虑去买张“彩”票。

今天笑不出来啊，实在抱歉，麟可不停看手机屏幕，只盼着时间快点过去。

好不容易熬到 11 点半，慌不迭地来到西北拉面馆，点上原来小泠最喜欢的葱油饼、凉拌大片牛肉和拉面，坐在两人最喜欢的靠风扇的那张桌子，只等着这位“老熟人”到来。

12 点过 3 分，小泠推开拉面馆的玻璃门，朝麟可走过来。

面对面坐着，脸上不尴不尬，这确实令人难受。还是小泠主动，指指葱油饼，“咱们边吃边聊吧”，麟可得令。

“这几年……”

麟可艰难地咽下一小块饼渣，抬眼看着正端着青花小碗喝着胡椒汤的小泠，小声问道，“你，还好吗？”

“挺好的。”小泠一笑，还是早先的单纯模样，“我离开电台之后，本想去其他媒体求职，可谁知道‘那件事’对我的影响还是挺大的，人家背景调查之后都婉言拒绝。”

“对不起……”麟可从牙缝里挤出这三个字，把头垂下来。

“别这么说，没事呀！”小泠倒是轻松，“天大地大，这世界也不是只有广播电台、只有媒体可以谋生，我很快就做回老本行，应聘一家广告公司业务员，干得挺好，收入比在台里当导播强多了，主要代理公交车和地铁，没再接触电台。”

“大家都说，没有你的消息……”

小泠扯一张饼，撕开递给麟可一大半：“我自己犯了错误，也就不想再和电台的人打交道，所以换了手机号码，故意躲着你们。”

“你完全没必要这样，错的人不是你，是我……”

麟可终于绷不住了，眼泪又往外淌，这几天他流的眼泪，比有生之年的总和还要多，“结果，我留在这里好吃好喝，你却替我受过，在外面风里来雨里去。”

“哪里啊！”小泠还是那么憨厚地笑着：

其实对于那件事，我和你的理解完全不一样！

直到今天，我始终认为，是我操作不当，造成那么严重的播出事故，我必须承担全部责任！

你是主持人，你做好了自己的本分，虽然言辞上有点过激，但对方确实该骂！

换了我是主持人，说不定比你还激动！

“我不应该在节目里骂人。”麟可羞愧难当。

“别这样，年轻的时候，谁没有一点正义感呢，特别是你这样的人，我完全能理解你当时的心情！再说人生总有一点风雨，助我们成长，也是好事。”

小泠的语气和措辞完全像位智者，麟可继续深深低着头。

“话说，你开始还以为我是回来报复你的吧？”小泠笑起来，“上周二晚上，你看到我的第一眼，就傻了！然后，你就像撞到鬼一样，为了不吓到你，我只好拼命上厕所……”

麟可哭笑不得，“你还不吓我？你看我那眼神，死死盯着，还突然把走廊的灯关上，我的半条命都吓没了！”

“这么多年没见，总要仔细看看你，顺便也调戏调戏你吧。”小泠拍拍麟可肩头，“你丫，还是那么傻乎乎的。”

这下子，麟可终于开心地笑起来！

“对啦，你也很好奇，我为什么回来了吧？”小泠主动找出重点，“我已经结婚，孩子一岁半啦，男孩儿，是个调皮蛋儿！我媳妇儿是杜台亲戚，很亲的那种，她在电视那边工作，我们俩是大学同学，这几年多亏她不离不弃，支撑我一直走过来。”

“你和‘小肚子’结婚啦！”麟可记得那姑娘，其貌不扬，但品性极好。

“今年过新年吃年夜饭，杜台问我下一步怎么打算，我说还是希望能回到媒体当一名新闻编辑，考试我早就过了，这几年自己还在弄自媒体，功夫没有收藏，所以也没有贬值。杜台被我的诚意打动，随后就帮我安排。”

“那你怎么还来做导播呢？”麟可觉得说不通。

小泠这下子彻底兴奋起来：

俗话说“哪里跌倒哪里爬起”，是我自己选择先做半年的导播，而且是最苦最累的夜班，相当于重新历练实习，频道答应了——

当然，如今有杜台担保，以前的事情顺利翻篇儿，至于今后，还看我的造化和努力。

“你肯定会做得特别好，未来也会走得更稳更顺！”麟可握住小冷的手腕，想把手心全部的热量，传入对方的身体。

正这工夫，刚下班还没吃饭的西玄给麟可打电话。早上这点“破事儿”又是全台人尽皆知，各种心态的人都有，只有兄弟真正担心，他想和麟可碰头，商量接下来的“对策”。

小泠得知是西玄，面露兴奋，其实当年三位小兄弟关系都很好，便请他也到西北拉面馆来。

西玄与小泠见面，彼此愣住几秒，顾不得午餐时刻小饭店人来人往，终于抱在一起。

“你回来都是晚班，我每天白班，咱俩还没有交集。”西玄很是歉意。

小泠拉他坐下，完全没有嫌隙，只笑着说：“玄哥你还是老样子，当年我想考编辑，多亏你一直帮我，毫无保留。”

“保留什么呀，就是一口饭的事儿，也不是你吃上就少了我的。”

小兄弟俩又说了几句热乎话，麟可看着他们，发自内心地高兴，惊觉时间真的能倒流，这不一晃又回到 7 年前！

“你们俩都在，那件事儿也不怕说的，我觉得挺怪！”西玄话锋一转，暂时放下手中小泠递来的筷子，“这么多年，我一直没想清楚。”

见两位兄弟望着自己，一直以沉稳著称的“玄哥”，眉头深锁，开始陷入某种回忆中：

咱们从头捋捋吧！

7 年前，麟可主持一档午间的听众点歌节目，叫《爱的路上，你和我》。

当年收听率还是很不错的，特别是在学生党中。这些大学生放学午餐时，都喜欢打开收音机，互相点歌。

小泠是导播，负责接听众来电，筛选确认曲库中听众想点的歌，就把热线接到直播间内。麟可与听众互动、调侃，再放出其所点的歌。

这都没毛病，也不是关键——

关键就在于电台直播的工作流程上，很多人并不知道，其实直播间的调音台和导播间的对讲器的台面上，有两个非常重要的按键：一个是“删除键”，一个是“喷嚏键”。这两个键，主持人和导播都能控制。

大家日常听到的广播电台节目，并不是完全意义上的“直播”，实际上，延时相差6秒——

这6秒对电台来说极为重要，如果在直播中出现突发状况，比如主持人讲错话，热线节目中听众有不当言论，甚至现场嘉宾偷着将手机带入直播间，手机突然响铃，就可以按住“删除键”，删掉之前6秒内容。

这个宝贵的“延时”，听众难以发觉，可以避免绝大多数的播出事故。

如果主持人直播期间要打喷嚏，也可以按住“喷嚏键”，打完再放开，这个喷嚏也不会被直播出来。

“删除键”和“喷嚏键”经常被使用，然而，7年前的播出事故，就出现在这两个键上！

广播电台将某个频道连续6秒钟及以上的节目空白，叫做“空播”。空播达到30秒及以上，就被定性为“播出事故”！

因为听众会发觉节目突然中断，收音机没有声音，会比较困惑，严重的甚至会引起社会恐慌。

这就是你们俩，在7年前那个午间点歌节目中所发生的严重的播出事故：小冷在节目直播中，长时间按住“喷嚏键”，造成频道长达60秒的“空播”！这是频道建台以来，空播最长的一次……

台里和频道严肃处理，当时的一把手台长震怒，要求必须开除此人，才能以儆效尤！

在找你们俩单独谈话时，麟可承认，是他在接听众电话的时候，使用了不文明用语，并且情绪激动，连续炮轰对方，小冷迫不得已才一直按住“喷嚏键”。小冷没有错，麟可应该承担全部的责任，可最后，为什么离开的却是小冷呢?!

这件事，不仅是我西玄，恐怕也是整个电台之不可思议。

虽然和你们都是这样要好的朋友，但我这么多年，却没有亲口问你们……

3

“这事儿，我先说。”

麟可把头埋在拉面馆油乎乎的桌沿儿，巴不得现在就到厨房拎一把菜刀，把自己剁得粉碎。可让自己“归西”之前，澄清真相对于小冷，比自己更有公正的价值：

我，这辈子对不起的人，只有小冷，我兄弟!

那天，我记得和今天一样，大太阳晃眼睛，到处白花花的。小冷下午一点半下班，也正好是我下节目，我就约他一起吃午饭。

节目刚开始时，我的心情很不错，前几位点歌的听众都挺靠谱，我们调侃配合默契，点的歌也好听，我还跟着哼。

谁知节目临近结束，最后一位听众打进热线，出了岔子——

这是一位男士，哎呀，我们这些人说话文明，这位中年男的，一口本地方言，谈吐比较庸俗。

说实话啊，我当时做主持人的时间不太长，年少轻狂，听这个人的声音主观上就不太舒服，就烦他!

这男的说点一首歌，《嫂子颂》，今天是嫂子过生日，应该乐呵乐呵!

其实，听到他说“乐呵”的时候，我就应该果断挂掉电话，然后在节目里说："这位听众不好意思，你的电话掉线，让我们接入下一位。"

平时遇到突然结巴或措辞不妥的热线听众，我们会这样"艺术地"处理。可是当天，主观上，我讨厌这个人，但又想找机会挖苦他一两句，显示出我高高在上，可以道德审判他的优越感。

客观上，他是最后一位，线上已经没有等候的其他听众，而我在节目直播中，也没办法通过话筒和导播沟通，让他再接一位进来。就这样，我选择继续让他往下说。

结果，他又用本地方言重复一遍，"要给嫂子点歌"。

在电台里给嫂子点歌的，确实不多，但嫂子也属于亲人，情有可原，我就打算敷衍一下，快点挂断电话。可就在这时候，这个家伙说出一句话，让我彻底失控！

毫无征兆，这男人忽然换上嬉皮笑脸的语气，大声嚷嚷：

"其实，这不是我亲嫂子，是我兄弟的女人！但我嫂子实在太漂亮，我暗恋她这么长时间，搞又搞不到，今天必须给她点首歌……"

我的脑袋，"嗡"一下，已经知道坏了！这个人很可能是喝酒闹事，把电话打进我们的节目。

这种状况，如果由今天的我来处理，会赶快挂断电话，马上按"删除键"，再"艺术地"补上几句，轻描淡写地插入曲库中的另一首歌曲。

可是，当年的我，无知、无畏还无脑，我选择了最糟糕的一种方式——

在节目中对价值观明显有偏颇，又可能喝醉酒，精神也不知道是不是正常，后面不知道还会说出什么惊人言论的听众，直接开炮。

我在话筒前，在直播节目中，在上千万的听众面前，开始怒骂对方！

我的第一句就是："人渣！"

第二句就是："你不配做个人！"

当然，这两句你们都知道的，因为从这句话开始，焦急的小泠果断地按下“喷嚏键”。而在这之前，他已经帮我按过一次“删除键”，6 秒延时已经用完，可我，已经癫狂：

在接下来的 60 秒里，我连续骂着，直到今天我还清楚记得我所说的每个字！我完全不给听众再说话的机会，连珠炮一样向他开火！

我说，我也是男人，兄弟的妻子，是无论如何都不能侵犯的！肉体绝对不能，精神上同样不能亵渎！

做你兄弟的人真是悲哀，我希望他能听到今天的节目，认清楚你这个人渣、王八蛋的真面目！

……

等我“爽”过瘾，对方骂了一句“去你妈的”，又大笑几声挂断电话，我这才下意识地从曲库随机播放了一首歌，整个脑子乱成一锅粥，只好趴在话筒前的桌子上。

这时我知道，我的职业生涯已经毁了，我完蛋了！

西玄听到这里，嘴巴已经张得拳头那么大！他摇着头，几乎不敢相信自己的耳朵！

小泠也在听着，脸上却是淡淡的笑容，好像麟可正在分享一件特别幸福快乐的经历，于是适时地接过话头——

是的，麟可说的就是当时的真实情形。

我坐在导播间的椅子上，感觉天都塌了！我在玻璃的这头拼命挥手，不知道麟可为什么不挂电话，任由这个神经病在节目里放屁！而他，竟然和听众在节目里吵架，两人互骂脏话！

所以，我赶快按下“删除键”，接着又按住“喷嚏键”，最终造成 60 秒的空播。

“多亏你这 60 秒的空播，才没有把我的话直播出去，包括后面的脏话，否则，我被台里枪毙也死有余辜！”麟可感激地看着小泠。

“这就是我的疑问！”西玄打断小哥俩，“整件事中，麟可你应该负完全责任，但为什么小冷被直接开除，你什么事情都没有，反而被重用为晚高峰的主持人，从此走上一条康庄大道，这中间，又发了什么?!”

“我来说吧。”

小冷还是一脸轻松，“空播开始，总控机房立刻报警，八楼的值班领导马上跑到导播间，频道领导也收到通知，在麟可放歌曲的时候，导播间已经像赶集一样热闹。”

回忆往事，不可能不沉重，小冷终于也绷不住，换上凝重的表情：

我当场就被“控制”，技术部和总编室接管频道的导播间，我不能再碰对讲机和电脑，只好站在一旁。等麟可出来，我们俩还没说上一句话，他就被女总监带走。

对，当时女总监刚任命不久，她最初是记者，也不太起眼，在我们眼中，算是一路“打飞的”上来的。

她把麟可带走，我就被技术部主任带走，在技术部的大会议室里，七八位领导轮番“审问”我！

整个下午，整件事的过程我几乎重复十几次。这些人问得很细，等到实在问不出什么，就让我一个人在会议室坐着。

口干舌燥，没人给我一杯水，我也不敢乱动。

但是，我有一件事没说，从始至终也没说，就是麟可说脏话，和听众对骂。我始终强调，是这位听众喝醉，一直缠着麟可在无理取闹。当然，麟可也很生气，但是他说的话还是入情入理……

我这样说，没办法查证，所以没人能奈我何。

“确实啊！”

西玄望着拉面馆墙壁上花花绿绿的菜单，“其实在电台工作多年的人都不知道，按住‘喷嚏键’，直播间就与全台的总控机房彻底断开，主持人在话筒前所说的话，不再传输给总控机房，也就不会发射出去，更不会在直播间内被录音。换言之，想追踪主持人当时说了什么也没办法，真正成了天知地不知，你知他不知！”

“是的，因为我知道这个功能，虽然当时所有人都不相信我的话，但又拿我没办法。”

“但是，导播间的电话机有录音功能，那里的录音怎么办？”西玄也是广播专家。

“在我被众人‘包围’之前，我已经果断删除！”

“傻瓜，你这样做，就相当于把所有的责任都自己扛下啦！”

麟可一把抓住小冷单薄的肩膀，“你说我的话入情入理，那么按‘喷嚏键’造成的空播就变成导播的责任，你又把电话机里的录音删除，明明是我……”

“你什么?!”小冷突然提高声调，“你哪里做错了，麟可同学?这件事就是我的责任啊！如果不是我把这样的神经病接进直播间，给作为主持人的你，出了一个天大的难题，又怎么会有后续的一系列问题！”

“但你，也不知道他不正常啊！”

“我知道啊！”小冷按住胸口，深吸一口气：

其实啊，这么多年，我一直活在歉疚里！虽然我为此付出代价，但我知道你也不好受，至少想起来就觉得憋闷——

在接线进来时，我就发现这个王八蛋有问题，感觉喝了酒，说话不利索。

但就在作出判断的几秒钟里，我失误了，《嫂子颂》这首主旋律歌曲迷惑了我，我便让他在线等候，又把他推给你……

西玄看看麟可，又看看小冷，无奈地摇头。

“所以，在领导们追问我，自己认为整件事是谁的责任时，我毫不犹豫地全部包揽下来。我承认是我的错误，和麟可完全无关，也恳求台里不要处罚他，他只是做到一位主持人的本分，虽然操作方式上略显稚嫩，但他是一位有正义感、有担当的年轻人……”

“当时那种情况，你还替我说话！”麟可发觉心脏疼得厉害。

“难道你当时不是在为我说话吗?！为什么你能为我，我就不能为你?！”

小泠颤抖着手，握住麟可：

我的好兄弟啊！

其实你骂那个浑蛋的话，也是我想骂的！

当时我猜得出来，你骂他的时候，心里一直在想着我这位“兄弟”吧?！

因为你不时用眼睛望向我，你觉得自己对兄弟就应该肝胆相照，亵渎‘嫂子’或‘弟妹’的人，真不是人！

我就坐在你眼前，虽然隔着玻璃，但你的情谊，我完完全全收得到……

“知我莫如你啊！”麟可的眼泪又热又暖，滴在小泠手背上，“当时我确实想到你，还有西玄，朋友妻不可欺！这个男人实在打破了我的底线！”

“所以，为了这份情谊，我也甘愿为你付出一切！”

4

小哥仨擦干眼泪，小泠继续回忆——

“接下来，临近下班，当时分管总编室的副台长来到会议室，同行的还有女总监，他们一起通知我，鉴于事态特别严重，刚才台领导召开紧急会议决定，给予我开除处理。人力资源部当天就给我办手续，晚上我就把东西全部搬走，来不及和你们道别……”

“当天就开除，这也不符合情理。”西玄咬着拳头。

“是的，我也纳闷，但已经没有反驳的资格。”

“我来说说，也许这个谜题就能解开……”

麟可呆坐在板凳上，往事历历在目，虽然此刻身处在一个吵闹的环境，但他的思绪完全回到7年前的那个下午：

“我被总监带到办公室，首先被她一顿臭骂！当时，她特别生气，说了很多话，但我只记得一点：我给她丢人了，她刚当上总监，我就捅出这么大的娄子，是故意给她难看！”

小冷似笑非笑，鼻子里发出一声冷哼。

麟可继续：

然后，她就关上门，问我刚才的真实情况，我一句没漏，一五一十地向她坦白。这时她也问我，认为这件事是谁的责任，我说这还用说啊，肯定是我的责任！

她转身出去，把我晾在她的办公室里。

接着，她进进出出几趟，每次都是问一遍当时的情况，看得出是在做某种激烈的思想斗争。当时她还梳着马尾辫，穿一件普通款式的白色T恤，真像位女大学生。

这一刻，我深深自责，我的确给这样一位年轻的女领导出了难题！

不久之后，她重新回到办公室，死盯着我，大概五分钟才出声。她告诉我，导播已经把所有的责任都承担下来，我至少不会被开除了。

我当时急了，怎么能让他扛下来?！我要去找台长说明情况！

这时候女总监抓起桌上的一摞报告就甩在我脸上：闹闹闹，你还没完没了！这样处理是皆大欢喜的结果！导播是台里的二类部门，是综合辅助岗位，他肯担责任，这件事很快就会过去。可你是频道的知名主持人，你如果出事，从上到下都难堪！

就算小冷没责任，台里也会开除他，保住你和频道，以及我的面子！

当务之急，是让他立刻滚蛋，把事件在最短的时间之内平息……

“面子，她只顾自己的面子和前途！”西玄咬牙切齿，“这个女的，实在坏得很，现在也不怎么样！”

麟可索性就把一切讲个通透：“晚上8点多，女总监告诉我可以回家，但是今后把嘴闭上，今天下午的事情一个字都不准透漏！我跑回宿舍，看到小泠的东西已经搬走，我给他打电话，手机关机。我认为，小泠一定在恨我，替我受了这么大的委屈，连工作也丢了，我就没有勇气再打电话……”

“我只是躲着你们，没有恨过你一丝一毫。”

“然后呢，你们总监为什么让你上位，不久就让你主持晚高峰节目呢？”西玄问道。

“可能通过这件事，她觉得我‘听话’吧！”男主播苦笑——

或者，她以为抓住我的把柄，我就不敢调皮，只能唯她马首是瞻。

她猜对了，从那时开始，我看着风光无限，但对她也是绝对忠诚，基本上她指哪儿，我打哪儿。

频道的活儿我都带头干，加班熬夜是家常便饭！

在我的带动下，节目口的主持人慢慢都‘归顺’她。开始只有新闻的人听她的，她又不懂节目，我们都没怎么待见她，这件事之后，频道的风头彻底变了……

“这个女的，厉害得很！”西玄又插话，看得出他也不“待见”这位女领导。

这件事看来都说清楚了，桌上的饭菜全凉透，餐馆老板好心地帮忙加热，小哥仨又加俩菜，热热乎乎地吃起来。

“不过眼前的难题，也需要赶快想办法解决！”

西玄又放下筷子，这位青年确实适合当领导、做台长。当然西玄最终当上“大领导”那是20年后的事儿，职位也在F省广电系统一把手之上。“小哥几个”最终变成“老哥几个”，但情谊历久弥新，延续了一辈子，这都是后话。

提前剧透一下，在如此沉重的氛围里，咱们也“乐呵乐呵”。

“你是说和总监对着干？”麟可好像不太在意，刚拆线的伤口很痒，他放肆地抠着帽子下的头皮，“已经这样啦，爱怎么样就怎么样！”

“你接下来的日子会很难过，看来得挪个地方——找一把手台长聊聊，看台内其他频道能不能过去。”小泠也听说这件事。

“算啦，我不想难为别人。我在这个频道出事，和总监闹僵，都是同僚，其他频道总监哪里敢收留我？”

“那倒也是！”小泠抱着手肘，轻拍手臂，“看来只能离开电台，要不先去电视那边，我托杜台给你说说，他也听说过你，对你印象还不错。”

麟可感激地看着兄弟，却不停摇头：“不能再因为我的事儿麻烦你，杜台刚帮你调回电台，你还没落定，又给我运作，咱们要懂事，不能总麻烦他。”

“那怎么办，看着你失业啊！”

“天大地大，自有我麟可吃饭的地方。不过还有一件事儿，我得做完才行。”

“什么事儿？”小泠和西玄异口同声。

“今晚的《零点敲敲门》，《七日》的最后真相……”

说到《七日》，小泠的脸色忽然大变，明显出现不安甚至恐惧。

“难道，你也知道什么吗？！”

小泠艰难地点头：“知道，一部分。”

“所以，你在给我打印的稿子上，留下那个符号，就是给我暗示吗？！”

“你也认识这个符号？”小泠更加讶异。

见西玄一头雾水，麟可花上5分钟，将《七日》的故事从前到后描述一遍，并把小瑾的刺青，死者小萝的刺青，子鱼姐的项链，直播用的稿子上出现的印记——这诡异的符号，一五一十地讲出来。

在麟可讲述的过程中，小泠额头冒出汗来：“我确实知道这个图案，或者叫符号的涵义。”午夜节目导播幽幽地说——

按照工作流程，领导审核通过的稿子会发给主持人，也会抄送值班导播的邮箱。

导播将稿子提前打印，在主持人上节目前，整齐地摆放在话筒前的桌子上。当然主持人自己另外打印或者直接看电脑屏幕都可以，但我们的工作必须完成。

上周二开始，《零点敲敲门》直播，每天下午5点前我都会收到稿子。

平时，我也喜欢看推理小说，所以就认真地逐字逐句先“过过瘾”。《七日》第一篇我并没多想，当天我的注意力全部都在你身上！7年没见，你变了没？过得好不好？你看到我会是什么反应？我一边盯着正在直播的你看，一边胡思乱想。

“难怪，我发现你的眼神特别怪异，搞得我……”

“搞得你以为，小泠是专门回来报复你的。”

麟可搔搔头，很不好意思，西玄也趁机怼他一下。小泠毫不介意，笑笑，继续往下说：

7年前，我离开电台去了一家广告公司做业务员，就是声优传媒的前身，老板叫王子昂。

王子昂曾经是台里的主播，女总监和岷江同时代的，也是一位风云人物，但却在最风光的时刻急流勇退，开了一家广告公司，代理电台的广告业务。由于这层渊源，在他的公司里，很多人都与电台有着这样或那样的关联。

我在声优四年，直到我和小杜确定恋爱关系，准备结婚才离开……

“为什么结婚就要离开？”西玄不解，“你是男人，又不是要回家带崽。”

“我算是被迫离开，因为四年中，我发现声优有很多秘密。换句话说，这是一家非常复杂的公司，表面看着是做简单的媒体广告代理，但实际上王子昂这个人的水非常深，看也看不透。更何况我发觉他与崔台关系莫逆，小杜是崔台宿敌杜台的近亲，我已经不适合再留下。”

原来如此。

“《七日》播出的第一天，你下节目我开始播音乐，就在导播间里玩手机，发现‘声优离职群’里有人在说，老同事小萝被人杀了！”

“声优离职群？”

小泠解释，离开声优的员工自发地建了一个群，有时候在里面吐槽王子昂，有时候分享一下媒体的八卦，小道消息很多，也很准：“这时候我突然有种预感，该来的，总会来……”

5

“为什么这样说?!”麟可急着问。

“王子昂做了那么多见不得光的事情，他的报应，早晚会来——我是这个意思。”

“这个符号究竟代表什么？”

小泠见麟可额头冒汗，赶快继续道：

首先，声优传媒曾经和现在的员工都知道这个符号——不过，具体的含义就没几个人说得清，只知道是声优的“图腾”。

经过我的观察分析，这与王子昂本人直接相关，是他的某种信仰和使命。他痴迷化学，特别是某种物质的分子结构。他也酷爱天文，星座的可能性也很大。或者，就是两者的结合体，他自己创造出来的。

杜台曾经提起过王子昂，当年他离开电台并不是自愿主动，而是因为他作为主播，却在任何人毫无防备的情况下，突然在直播的话筒前，说出骇人听闻的话来！

这种情况对于电台来说是极其可怕的，主持人本身并不知道，你们能在话筒前直播，背后都经过非常严格的审查。

王子昂这个人却隐藏很深，取得全世界的信任之后，却在某个时刻，突然露出本来面目。

他当年说了什么话，关于什么，是宗教的，还是政治的，已经不得而知。但可以确认的是，这就是王子昂的“信仰”和他自认为的“使命”。

并且，直到今天，他依然不是专心做生意的人，他本人和他的公司的复杂程度，超出我们的想象。

“他犯下那么严重的错误，为什么还能继续做与电台关联的业务呢？”

“我也听说，王子昂当年犯事的细节和你 7 年前的经历类似，被某些怕受牵连的领导刻意掩盖，大事化小，小事化无。”西玄插话，口吻像位老教授，“我也领教过王子昂几次，他是一位表面谦卑随和，开朗幽默，非常会为人处世的角色。这样的人情商极高，迷惑性也特别强，在日常生活中遇到，你挑不出他的不是，甚至想着的永远都是他的好。”

小泠点头，“正是啊！对这个人不花个七年八年，是绝对看不穿的！”

“所以，有这个刺青的人，就代表和王子昂拥有同样的信仰吗？”麟可对此念念不忘。

“应该就是！”小泠的表情重新凝固，“在我看来，这就是对王子昂效忠，效忠他的信仰，并保守某种秘密的意思！当然，没有人会平白无故地这样做，王子昂也不是‘王子’，这些人肯定是得到某种好处，作为丰厚的回报。”

“难道是，邪教?!”西玄不敢大声喊，赶忙四下里看。

“是不是与宗教有关，我没有定论。”此刻的小泠却异常冷静：

小萝和小瑾都是刚毕业就进入声优，王子昂一直贴身带教，各方面“成熟”了，再把她们放在电台工作。

她们的生活圈子并不丰富，价值体系受到老板的影响最深，一定是经过某种考验之后，得到王子昂的完全认可，所以才会在隐秘的小手指的指肚上刺下这个图案！

刺下之后，就彻底成为一个战壕的战友。

“这个图案相当于‘二战’时期纳粹的……”

“暂且这样理解吧！”

天哪！

这样不可思议的事情，真的发生在我们的日常生活里吗?!

“这么说，正因为我发现小瑾的刺青，她怕我揭穿声优和王子昂的秘密，才立刻决定离开我吗?!”

小泠思考几秒：“我认为不完全是。我虽然在声优待的时间不长，也一直没触及核心机密，但凭我对王子昂和声优的粗略了解，小瑾主动亲近你，一定有隐情——你99%是被人下套……”

下套，陷害，下降头，类似的意思，麟可本周已经听过几次，而且都是最亲密的伙伴提醒。

小瑾在海外度假的朋友圈，以及效警官午夜的那通电话，这个女人和某位富豪在五星级酒店的一夜，真相的轮廓已经越来越清晰……

“证据是？”西玄瞥一眼瞬间失魂落魄的麟可，替他发问。

“声优不是第一次这样做，为了‘笼络’和‘收买’重要人物，王子昂这个杂碎什么下三滥的手段都用过，美色是他最常用的！”

“但我不是重要的人物啊！”麟可用手捶着桌子，气愤难平。

“通过你，每年可以帮声优多赚200万，王子昂就算拿出100万奖励小瑾，还能净赚100万。如果每年有10个像你这样的人，数学题大家都会算。”

“所以小瑾经过考验，完成王子昂交代的‘任务’——用美色诱惑你，让你为他们卖命，得以刺上这个图案，成为效忠他的事业盟友，应该会受到重奖。”西玄得出结论。

浑身一阵阵起鸡皮疙瘩，就像重感冒的前兆，在兄弟面前，麟可不想死撑，他瘫在凳子上，喘着粗气。

“我只是想谈一场恋爱，找一个结婚对象，我错了吗?!”

“你没错，错的是他们！”

小泠赶忙安慰，用手轻拍男主播的肩膀；西玄也扶住兄弟，长长地叹气：

“我估计，台里开始查你，声优已经听到风声，所以小瑾打算全身而退，和你结束关系。”

小泠认同，极有可能就是这个理儿。

“但我招谁惹谁啊，怎么就落到我头上……”

“善良，并不是抵御邪恶的有效盾牌。”小泠又像智者，看来这7年他一直在学习，“有时候，正因为我们太善良，才不能分辨出别人的邪恶。”

“所以，你在稿子上留下那个墨水痕迹，是想提醒我？”麟可还是难忘刺青。

小泠不停摇头，像一阵风吹过香樟树的叶子，笑着说：

这次你想多了，非也！

稿子上的印记不是我特意留给你的，而是得知小萝的死讯，我的直觉是可能与声优的这些见不得光的事情有关，就下意识地用钢笔在空白的 A4 纸上随手乱画，不知不觉就把这个符号画出来。

然后，稀里糊涂地塞进打印机打印主持人的稿子，墨水浸润下一页，碰巧被你看到。

麟可恍然大悟。

“那么，小萝究竟是谁杀的？和王子昂有关系吗？”

“我知道的全部就是这些。”

小泠自己也意犹未尽，但又确实把“存货”掏空了，“子鱼姐肯定是知情人，不然也写不出这么逼真的故事！昨晚已经预告，今晚就会揭晓全部真相！看来真相，就留给今晚的《零点敲敲门》吧！”

“子鱼姐为什么也有王子昂图腾的项链呢？难道她也被收买了？”

“这件事我倒恰好知道，因为在声优不是秘密。”小泠又回答，“子鱼姐当年也是频道的，和王子昂、岷江和女总监都是一批的，王子昂和子鱼姐曾经是恋人，但不久两人各自结婚。王总喝醉时自己讲出来的，这一辈子最爱的人，就是她，但两个人有缘无分！”

“项链呢？”

“据说，这个项链是王子昂送给子鱼姐的，有自己的图腾。子鱼姐不明就里，曾经有段时间经常戴着，可能恰好被拍到照片里。”

麟可点头，我就是看到她戴过，好不容易才想起来。虽然有个性，但图案太繁琐，和她平时极简的气质不搭。

“子鱼姐和王子昂关系这么特殊，为什么要揭露曾经恋人的案件呢？”西玄又问，这整件事情确实千头万绪。

“可能她的目标不是王子昂，而是其他人！”小泠神探上身，抚着下巴，“王子昂，并不是杀人凶手。”

麟可沉默，经过小泠的讲述，之前他的很多疑问都找到答案，眼前的迷雾不断被吹散，马上就要真相大白！

但是，男主播还是决定暂时不要把自己知道的“隐情”全部告诉两位兄弟。再害兄弟陷入无妄之灾，自己就真不是东西了！

“还有最后一件事。”小泠凑近兄弟们，小声道，“从现在开始，你们都要防着崔台的人，绝对不要招惹，听说，上面开始调查他……”

“真的?！”

小泠郑重地点头：“王八蛋们，谁也跑不了。”

6

麟可缺席了今晚的《辣椒家族开心派》，亚克力适时补上，青红辣椒懒洋洋的，三个人都不在状态，配合那是相当不默契，抢话的，怼话的，自己说半天没人接茬的——好在没有播出事故。

岷江打来电话，询问加嘱咐，再告诉麟可，女总监的气暂时消一点点，但是要求他必须给婚宴上被打的“金主爸爸”的儿子，也就是“富二代”伴郎负荆请罪，就是对方让他舔脚也要照办！

当然“舔脚”这句话不是女总监的原话，但绝对是她的原意。

舔脚不是目的，要最终得到“大领导”的彻底原谅，而且是彻底到不留心结那种，这事儿才能算完！

毕竟婚宴主持这件事，“上面”是先找到女总监，当成一件“任务”安排下来。她拍着A罩杯的胸脯打了保票，搞得来传话的某上级男领导，不得不一直被动地盯着她的“那里”看。

然后，女总监和对方主动加了微信，约好吃饭时间，再亲自送上车。

按照女总监的意思，在完成上述“任务”之前，麟可不来上班也可以，按病假算——可谓仁至义尽。

男主播能听懂本国人类语言，未置可否，向岷总道谢后，轻轻按断电话。

去你 NN 的！

麟可学浑蛋伴郎，对着心里女总监的名字，狠狠骂了一句！

这天晚上，几年来他第一次在工作日的下午到家，陪爸妈在厨房里面“洗剪吹”，亲自参与“主持”，做了一顿丰盛的晚餐。

《零点敲敲门》，听说岷江亲自代班。

麟可 22：00 准时从老城区的家里悠闲出发，先接上西玄，再按照小泠发的定位，接起今晚不上晚班的导播，顺便第一次“认认门儿”。

小泠特意把儿子弄醒，抱出来给两位伯父亲亲，“小肚子”也是老熟人，几多感慨，不在话下。

小泠出门时还是拎着一个袋子，里面装的是切成小块放在保鲜盒里的水果，自家做的烘焙蛋糕和麻辣牛肉干——这是她媳妇儿每个夜班都给老公预备的，今晚特意准备三人份。

看得出，小两口感情真好，小日子也过得和美。麟可这颗心才算真正放下来。

兄弟三人跳上“鱼叉子”，直奔电台旁边的日湖公园。

临近晚上 11 点，白天游人如织的公园人影渐稀，只有这三人还往公园深处走。

找到一个舒服的凉亭，西玄掏出收音机，调到麟可和小泠工作的频率，麟可也从背包里掏出爸爸亲手卤的鸭爪子、香干子和藕片，扔给兄弟们一人一听黑啤，自己拧开一瓶矿泉水，三个人边吃边静静地听节目。

岷江，频道的“第一声”和“台声”，已经很久不上节目的频道领导，用他改不掉的新闻主播腔开场，预告今晚的节目：前一小时是精彩的著名推理短篇故事《布朗神父探案集——狗的启示》，午夜之后，是原创推理中篇故事。

麟可一边嚼藕片，一边和兄弟们交换眼神，来啦！

听完短篇小说，电波里响起零点报时，东西也吃得差不多，三位小伙儿把耳朵尖儿竖起来。好不容易熬过整点的七八条广告和宣传片，终于轮到主持人岷江再次出场。

“亲爱的听众朋友们，过去的六天里，我们为大家连续播讲了中篇推理小说《七日》，由于特殊原因，《七日》的最后一期将改期播出，敬请谅解！今天起，我们将带来一部全新的精彩作品——推理女作家子鱼创作的《木星·绝命快递》，共十集，今天播出第一集，‘没有署名的快递’……”

啊！这是什么节奏?!

小哥仨面面相觑，麟可放下矿泉水瓶，一抹身就往日湖公园的停车场跑。西玄和小泠慌着清理凉亭里留下的垃圾，也撒开腿赶上男主播。车子启动，毫无缓冲，一脚油门到底回到广播电台，直奔八楼直播机房。

当班导播见这气喘吁吁的几个人猛地出现在身后，着实吓了一跳。直播间内的岷江在读稿子的空隙里抬头，透过落地玻璃窗也看到三张焦急的脸。

00：18，插播广告，主持人有3分钟的空闲，岷江走出直播间。

“你们怎么来了？”

“岷总，为什么不播《七日》?!”麟可满头大汗，一把抓住副总监。

“警方临时通知，暂时不能播。”

“那你们收到稿子没，子鱼姐发来的稿子？”

岷江点头，收到了，下午5点准时发来的……

“快给我看看！”麟可急得破音，掏出自己的手机打开企业邮箱，上下快速刷动着。

“警方不允许将稿子传播出来，今天下午效警官带人守在台里，稿子刚发到编辑的邮箱，就被警方截住，台里任何人都没看到内容……”

麟可已经说不出话，汗水却流进眼睛里，辣得着火！

导播提醒主持人回到直播间，岷江转身走进去，麟可还在原地呆呆站着，直到小泠推推他，才回到现实世界。

“你们，再陪我去个地方吧。”男主播看着兄弟们。

麟可并不能确定效警官凌晨是否还在警署加班，此刻的男主播已经慌神。他变得不管不顾，哪怕今晚冲到警官家里，也要立刻、马上问个清清楚楚！

这已经不是一个广播节目，也不仅关系到一位受害者，还有一群与之相关的角色，和那个神秘的刺青。

西玄怕麟可在这种状态下开车出事，主动接管方向盘，小泠坐在后座中间的位置，身子探到前排，手臂也搭在副驾驶座位上的麟可肩膀上。

好在，效警官还在工作，被麟可在警署的停车场碰个正着！

“很抱歉，目前案件的情况，我不能向你透露太多。”效警官见男主播这副模样，已经猜得八九不离十。

“我不需要太多，只有几个问题，可以吗？”

效警官瞧一眼西玄和小泠，小哥俩识趣地走开几步，这才点头：“我尽量回答，不过不一定让您满意。”

“第一，凶手是谁，明确了吗？”

警官点头，明确了。

“第二，犯案过程、手法和证据，明确了吗？”

“清清楚楚。”

“第三，杀人动机，明确了吗？”

“比较清晰。”

“第四，子鱼姐是目击证人吗？她本人犯案没？”

“这个……”效警官犹豫，“她算是案件知情人。”

“第五，也就是最后一个问题，凶手现在抓住了吗？”麟可眼睛里都是渴盼。

效警官微笑，“您放心吧，抓住啦！”

就是刚才，我们在某酒店，成功把犯人抓获，正准备连夜审讯。

“我能，看一眼这位凶手吗？”麟可突然提出这个不情之请。

警官确实很为难，这不合规矩，但鉴于麟可是本案重要的“关联人”，并且为案件侦破提供协助，最后还是同意带他走进警署审讯室外面的大套间；隔着单面玻璃，能清楚地看见正接受审讯的犯罪嫌疑人。

“肯招供吗？”麟可望着这张脸，心脏突然剧烈地跳起来。

“《七日》已经陈述了其犯案的绝对证据，即便‘零口供’，我们也不担心。”效警官抱着肩膀，心满意足。

这样，就算最好的结果吧！

麟可劝说自己，《七日》的故事圆满结束，凶手服法，死者得以安息，自己也不要再执念其中。

这一切的一切，本来就与自己无关啊！

效警官同时告诉男主播，今天下午警方收到稿子，立即知晓凶手身份，为了不打草惊蛇，防止有人通风报信，所以要求电台停播这期节目。经过周密布控，几个小时之后就成功将其抓捕归案！

所以，子鱼、麟可，甚至也包括电台、频道，都立了大功！

警方承诺，审讯完毕，就尽快将稿子发给频道，在《零点敲敲门》中最终完成这个故事的讲述，给听众一个交代。

请，耐心等候吧……

Day N　后 N 天

晴

1

麟可把车子泊在广播电台前坪的访客车位，报西玄的全名，拿出身份证在接待室登记后，经铺红色塑胶脚垫的来宾通道，步入空旷的大厅——

不需要再刷脸。

墙壁上还是那块浮雕，伟人的巨大头像，墙角还是那台空气净化机，呼呼冒着凉风，可门口的保安却像自动门旁边的绿植一样，总是被人定期更换。

二十出头的嫩伢子们，制服平头，冷眼一看都差不多，细看才发现已经没有脸熟的、鼻子上有痣的那位小保安。

电梯里，不可能都是陌生人，麟可立刻被认出，老同事主动打声招呼，有人扯起嘴角一笑，也有的视而不见。

来到五楼大办公区，时间没有造访的痕迹，大千世界好像偏把这里给遗忘了，还是半年前的模样：没有爱惜和养护好的斯诺克球台，同事从家里搬来的按摩椅，书架上歪歪斜斜的几本推理悬疑小说，和一个摆满各种奖章、荣誉证书的展示架。

这里很香，空气里依然香水味混杂。每个人都端坐在椅子上，专心致志地盯着电脑屏幕。麟可忽然想知道，在没有电脑的日子，广播电视台又是什么样子呢？

今天来开离职证明，乘明早的飞机去首都，麟可已经把那边的公寓租好，是敞亮的大三房，钱虽然多一些，但爸妈可以带在身边。

爸爸已经开始研究北方菜谱，妈妈忙着张罗棉衣、棉裤。夫妻俩还是那么形影不离，刚学的“游龙戏凤”拳打得有模有样。

新工作下周一就要到位——这多亏了岷江，他的大学同学在国家电视台少儿频道当上总监。在这位老领导的大力推荐下，麟可顺利通过笔试和面试，即将成为一名少儿电视节目主持人。

原本属于《辣椒家族开心派》的三张桌子也更换主人，青红辣椒的位置上，一位女主播麟可认识，是当初的实习生小影儿，她已经转正。还有一位不认识，看那侧脸和薄薄的嘴唇，带点红辣椒刚出道时的味道。

而麟可原来的位置，整个大办公区的C位，靠近窗子，采光良好，九一大道和千家丽高架就在眼前，看桌上的物品就知道被谁占据了，亚克力。

是的，亚克力心愿已成——

不仅占据一张桌子，也得到心心念念的晚高峰节目主持人的位置。领着自家堂妹崔影，与另一位领导的女儿组成全新“战队”，带来一档传统广播与新媒体同步播出的新节目——《亚克亚克力，欢乐数第一》。

可惜，麟可已经很久没打开收音机，并不能客观地评价这档节目的优劣。

评价节目这种事儿轮不到前任男主播，麟可也有自知之明：如果要专业评价，有总台监听监评和总编室专家组；要收听评价，有广大听众的收听指标和口碑反馈；要市场评价，有金主爸爸投放广告的热情和额度。

只是亚克力代言的产品越来越多，步行街商业综合体和建材市场遍布，眼睛想躲也躲不过。阿熏的小酒吧里也有他为某啤酒代言的海报，青春阳光，很像当年的麟可。贝斯手把它贴在最醒目的地方，供客人投掷飞镖。

这半年来，身边人发生很多变故：

麟可由于身体原因请长假，确实住了一段时间医院，经过精心调理，失眠、心悸，甚至吐血等一系列亚健康状态得到明显改善。这期间，他还带着父母在国内到处游玩，跟着爸爸学会做不少菜，一家三口没事就窝在厨房打磨厨艺。

在红辣椒的全力帮助下，爸妈的“投资款”追回 87 万，剩下的 21 万，律师和“上面的人”也无能为力。麟可一家不再执着，选择“放下”，坦然接受这个损失。

邻居穆叔叔也跟着全身而退，可恨的是，所谓的“吴总”依然逍遥，带着满脸巴结的笑容，露出嚼槟榔过度的黑牙，继续在老城区棋牌室里的老人家里物色下一位受害者。

而这家“合信财富”也依旧运营良好，麟可在很多地方都看到它的广告，麓天酒店的项目介绍会一场又一场，在阵阵掌声和欢呼声中，不知道还有多少人深陷其中，最终被骗得倾家荡产……

发情过后的“小九九”被及时做了绝育，这“姑娘儿”再次丧失对麟可的短暂爱慕，而是整天坐在阳台上，和窗外那几只住在杜英和香樟树上的麻雀儿斗嘴玩。

上个月，红辣椒出国深造，立志成为一名电影导演，麟可带爸妈去海边，恰好错过送别。两人在电话里约定，等女搭档学成归来，一定不醉不归！

青辣椒的婚礼倒是三个月之前就举行了，麟可亲任司仪。

那天，已经怀孕两个月的新娘子抢下红酒杯，喝得满脸通红，她那位结过几次婚的富翁老公，绿钻集团陈董束手无策，只能把歪斜的老婆妥帖地扶在怀中，紧张得如同捧着一具水晶雕塑。

“你们，是我，一辈子最亲，最亲的亲人！”

青辣椒指着麟可和红辣椒反复吼着这句话，泪水把整张脸糊成一锅粥。

小冷换岗，正式调入新闻中心成为一名编辑，工作忙得不得了，媳妇儿小杜又恰好怀上二胎。麟可已经半个月没看见他，但彼此每条朋友圈信息都会点赞、留言。

西玄稳扎稳打，评上副高职称又被任命为总编室副主任。这期间在国家级专著上发表了几篇有影响力的文章，牵头制作的广播剧成为“爆款”，获得全国“五个一工程奖”。老婆也承诺，当上银行支行行长之前，要陪老公去趟他向往已久的北极。

《零点敲敲门》也有变化，麟可休长假之后，节目最终由直播改成录播——

也就是说，不需要主持人再熬夜，白天把稿子录完就好。主播也不仅是一位，而是频道的所有主持人轮流担纲，稿子还是由推理作家子鱼负责。

不过，还有一件广电系统“地动山摇”的大事儿发生——就在上周二下午，崔台在总台会议室被带走接受调查。

据知情人透漏，崔台是被实名举报，经过调查已经证据充分。“接受调查”是委婉的说法，甚至带着一点客气，留有情面。不过这种“礼遇”并非是给崔台本人，而是因为他“幸运地”身处在这个曾经成绩斐然的体系内部。

崔台被抓之后，不断有风声传出，猛料一波又一波，简直堪比黄金剧场的年度大戏！

首先，渎职、贪腐等经济问题不消多说，崔台竟然有一位成年私生子，一直以“侄子”身份养在弟弟家里！

这还没完，崔台甚至涉嫌一桩杀人命案——无疑是另一枚重磅炸弹！

一众“聪明人”自然联想起半年前在S市发生的那起锯木厂女尸案件。当时就盛传崔台系“幕后黑手”，可惜没有直接指向他的证据。虽然在风口浪尖上晃荡，他还是得以全身而退。

不过，众说纷纭都是猜测，具体情形只能等到对此人宣判的那天，才能水落石出。

电视那边暗流涌动，电台干脆汹涌澎湃。作为长期分管电台的副台长，崔台在这里的根须十分广博，两只手插得又深又狠。

一把手台长申请调离，去某大学当校长，不想再蹚这个浑水。

女总监被调查，但并未带走，最终她亦全身而退，但却上了“限制使用干部”的黑名单。此女随后沉寂一年半载，但暗中运筹帷幄并未停止，再加上其夫也系某厅局级干部，最终重新洗白翻红，并扶摇直上，仕途坦荡，皆为后话。

杜台接替崔台，成为广电系统一把手的最佳接班人，最后顺利接棒。

……

从崔台在会议室被带走的那一刻起，整个电台都在暗自议论，看来崔台的“侄子”亚克力，带着明显自恋和自嗨味道的新节目《亚克亚克力，欢乐数第一》，欢乐的时日也所剩不多啦！

还有一个小插曲，保卫部负责人一直不放弃追查胆敢对台里的健身房器械“动手脚”的人，最终被他揭开真相，却令人大跌眼镜！原来这个“坏人”竟然是台里某中层干部，他因不满人事任免，决定报复单位，制造一些大麻烦出来……

麟可，是无辜的躺枪者。

2

半年前,《七日》没播完的那天是周一，下午小瑾的朋友圈又有更新，但已经拉黑麟可。

但“圈里”共同的朋友还是有的，有人截图之后发给小冷，小冷再火速通知此女的“前男友”——看来她已经回国。

效警官也第一时间在机场“截获”小瑾，并及时通知麟可。

麟可在父母家的客厅沙发上干躺两小时，睁着眼睛望着天花板的吊灯，胸口一直趴着肉乎乎的“小九九”，最后也没有赶去警署。

警方在确认蔡晓瑾与小萝被杀害无关之后，允许其离开。她出警局大门之前，一位四十上下的警官请她留步，和她单独聊了几分钟。此女离开时，脸上挂着毫不在意的表情，只剩下中年男警官在原地无奈地摇头。

同租女性死亡，女白领迅速搬离那套公寓，没换工作，但不会再派驻到电台。

四天之后，麟可才开始在声优传媒所在的大厦一楼蹲守，拦住正准备上班的小瑾，此时对方还背着男主播精挑细选的奢侈品包包。

虽然千百个不愿意，脸拉得比肚脐眼还低，可能是看在手上这款包的面子上，也可能是怕今后麟可伺机“报复”，女人勉强同意在大厅里的咖啡厅“聊几句”。

“你找我，还有事儿？”

在最靠近门口的位置坐下，小瑾摸索着，竟然从包里掏出一盒香烟，娴熟地点上一支。麟可目瞪口呆。

“别用这样的眼光看着我！”

小瑾故意吐出一个烟圈儿，桌子下面的一对小短腿自在地交叠起来，微微抖着，“我真觉得没什么可说的，我从来没做过你的女朋友，甚至可以说一直是你一厢情愿！我躲着你，故意不接你的电话，态度已经很明确，你还找我干吗？”

除了身高没变化，小瑾的举止谈吐简直像换了一个人，语速很快，又朝自己的右侧肩膀吐一口烟线出来。

多可恶啊！

这个女人和她的同伴，发现阴谋败露，竟然连把自己拉进手机黑名单的力气都不愿意浪费，故意让他为她们担惊受怕，牵肠挂肚，任由他一遍一遍打电话，故意不接，直到把他熬到自己放弃为止……

瞬息之间，麟可发现自己要的所有答案，已经不言自明。其实，早在电台五楼洗手间的蹲坑里看到她更新朋友圈，男主播就已经决定不再追问“为什么”。

再加上小泠和西玄的分析，此女是什么货色，有什么样的价值观，接近自己的目的，她做过什么肮脏的事情，已经清清楚楚！

她虽然与小萝的死亡无关，只是失踪的节点恰好与小萝遇害同步。但是，谁能保证这样的女人，不是下一起凶杀案的主角呢？也许又要麻烦子鱼姐为她写一篇《三日》或《九日》出来……

不过，这种人值不值，要不要玷污子鱼姐的笔和纸，那还是两说。

这是人生的一次重要教训！绝对不仅仅是误入一个圈套那么简单。如果可以，麟可希望把它刻在骨头上，钻入骨髓里，让自己牢记一辈子——

的确，生在一个极度单纯的家庭，他从小就毫无防人之心。天性源自遗传，看看自家爸妈，要不他们怎么会被人骗！

这几年参加工作，到一个相对复杂的媒体环境，麟可老实做人，踏实工作，不说像一朵白莲花，无心之失可能有之，但真没主动害过谁！

想不出该说什么，也没什么可说的，麟可就这样死盯着眼前的女人，脸上风平浪静。但看得出小瑾还是紧张的，目光飘忽，靠吸烟拼命掩饰，心虚和不安随着她漂亮脸蛋儿上出现的汗水，展露无遗。

麟可忽然想笑，原来作恶的人，被人对峙时是这副嘴脸啊！就为了她这副模样，自己来的这趟也值！

回顾整个事件，男主播又快速总结出三点结论：

一、别人的成功是不能复制的，即便是自己父母的成功。

二、兄弟的劝诫是不能忽视的，即便他“看起来”混得不如你。

三、领导的指示是不能全听的，即便她“看上去”曾经有恩于你。

“哈哈！”

麟可终于笑出声，前面还拿某“当家花旦”的“口吐莲花”发言当段子，现在自己的职业病也犯了。看来，这个行业果然“有毒”啊！

走出声优传媒所在的大厦，油然而生的畅快像久旱之后的豪雨，正是这段时间最舒适的感觉！麟可还是掐着自己的大腿外侧，狠狠地告诫：

记住这件事，忘记这群人！

……

小萝死亡的所有真相，几乎在同一时间呈现在麟可面前。

子鱼姐终于从海外归来，距离《七日》首播已经两个星期。她的第一站也是警署，作为案件最重要的目击证人，她将在警方需要的任何时间协助调查。

警方兴高采烈地通知频道，犯罪嫌疑人已经认罪，午夜节目可以播出《七日》的最后一篇，给听众一个交代。

可就是这样讽刺啊！当晚的节目中插播《七日》的最后一篇，却遭到不少差评：

听过前六日节目的听众在公众号留言区抱怨，大半个月才播结尾，前面的情节早忘光了！

没听过前面节目的听众更是直接打热线抗议，本来现在在播的《木星·绝命快递》已经进入精彩环节，却不当不正地来这么个“讨嫌的”，实在无聊！

效警官将打印好的稿子亲手交到已经住进医院的麟可手中，本以为男主播一直望眼欲穿，看到这个稿子会无比兴奋，结果却见对方淡淡地接过来，致谢之后扔到病床旁边的小桌上，再来一句：

“有空的时候，我再看看吧。”

的确，麟可也早就不在乎这个故事的结尾。

大约一周之后，某个下午，爸爸的汤水在灶上炖着，夫妻俩又牵手下楼去棋牌室，家里只留刚出院的麟可看火。百无聊赖的前男主播翻遍手机，终于想起这篇稿子。

夹在一大摞住院单据里的稿子，纸张已经弄皱，妈妈不小心把水洒在上面，有的字迹已经模糊，要很费力地辨认。

麟可踢掉拖鞋，盘着双腿坐在沙发里，边吃爸爸洗干净放在茶几上的大荔冬枣，边翻开稿子，不知不觉看下去：

疲惫的警官，不知道凶手究竟隐藏在哪里……

他和他的同事，已经六天六晚没睡过一个好觉，时间不知不觉就来到第七天。

警官一个人走进停尸间，搬来一张凳子，坐在存放死者遗体的冰柜对面，凝视着安详躺在其中的女孩儿。

如果，活人能与死者对话该有多好！那么现在自己就要问问她，究竟是谁这么残忍，对如花年纪的女孩儿痛下杀手！

“我一定会为你找出这个人！”

警官闭着眼睛，陷入长长的思索，脑海里如同放一场慢速电影，接手案件以来的每一项调查、每一次取证、每一个分析都不放过，从头梳理着整个办案过程。

突然！

停尸房里传出一声异响，警官陡然惊醒，紧接着就听到几声连续又刺耳的金属和水泥撞击的声音，操作台上的刀、剪和镊子连同不锈钢托盘，一起“咣当”摔在地上！

“是谁?!”警官大吼一声，全身的汗毛也随之竖了起来。

停尸房里除了自己，再没有其他的活人。

难道是……

警官回身看向存放遗体的冰柜，不由得睁大自己的眼睛……

稿子在这里有个明显的停顿，麟可知道，这是经验丰富的子鱼姐给节目预留的休息时间，同时也吊足听众的胃口，让他们有耐心熬过接下来3分钟的广告。

男主播假想着广告播完，马上就进入《七日》最后的终结：

警官看向冰柜，只见一只精瘦的安哥拉猫，正站在冰柜旁边的铁架子上，慌里慌张地梳理着自己的被毛。

刚才这惊人一跳，就是这小家伙儿的“作品”。

女法医也听到声响，忙不迭地从旁边的办公室跑过来，笑着对警官说：

“吓到你了吧？这只流浪猫就住在警署附近，平时我会喂它吃东西。刚才门开着，它就溜进来，以为我在这个房间里，话说很多动物的鼻子都是这么灵敏……”

“动物的鼻子，灵敏？”

警官望着女法医抱走猫咪，停尸房重新安静下来，眼前忽然一亮！

他赶忙快步跑回自己的办公室，重新打开锯木厂女尸案件的卷宗，仔细研究其中的线索。

时间被拨回到发现尸体的那个傍晚，还有发现死者的男孩儿和他的小狗……

警方万万没想到，接下来，这么容易就撕开了案件真相的一角。沿着这条线索，最终，凶手被绳之以法！

具体的经过是这样的：

警方打算重新询问尸体的发现者，却发现小男孩儿一家不知所踪，他们临时居住在物流中心和锯木厂中间的简易工棚已经换了主人。

新搬进来的工友说，小男孩儿的父亲已经辞职，几天之前带着一家三口和一条柯基犬，开着他自己平时给物流中心运货跑腿的小面包车，连夜离开S市。

至于去哪里，就不清楚了。

急着离开的原因倒是知道，据说是“遇见晦气事儿”。

有车就好办！调取沿途的交通摄像头和高速公路监控，确定这一家人回到老家县城，警方立刻派人赶往，却发现小孩儿的父亲已经把面包车卖给老乡。

好好的车，为什么要卖了?!

车子被火速运回S市，进行最仔细的调查，虽然已经被清洗几次，但专业的法证老师还是发现了本案中最最关键的证据之一——

一根黑色带着毛囊的长发，在小面包车地板的缝隙里。

完全在意料之中，这是属于女死者的头发……

躲在亲戚家里的小男孩儿一家很快被找到，那懵懂的小狗竟然还认识仅有一面之缘的警官，飞跑过来舔着他的手，又围着他的警车闻来闻去。

没有经过太多审讯，男孩儿爸爸马上承认，自己确实就是把尸体丢在锯木厂仓库的“运尸人”，死者的包也是被他丢进水塘，运尸工具就是这台属于他的小面包车。他交出当天穿着的胶底鞋，花纹和尺码与现场留下的鞋印完全吻合。

但他坚决否认自己是杀人凶手，凶手另有人在！

按照凶手的“要求”，他需要在准备新建物流中心二期工程的这片土地上，挖一个深深的大坑，再把尸体彻底掩埋。

谁知道，他刚启动车子，就下起暴雨。这雨越来越大，还伴着雷电，自己根本不可能在野地里举起铁镐头挖坑。

没办法，只能把尸体暂时放置在他认为没有人到访的废弃锯木厂。他原来在这里干活，还有大门的钥匙。打算等雨停了再挖坑，或者干脆就埋在这个院子里，反正今后这里也是二期工程的土地。

这女人的包里，手机在“叽叽”叫个不停，男孩儿爸爸怕把人招来，这才连包带手机一起丢进锯木厂旁边的水塘。为了造成抢劫后扔包的假相，他提前把几张现金抽出来。

“运尸人”心惊肉跳地回到工棚里，妻子正在准备晚餐，孩子在写作业，小狗围着他打转转，他便把吵闹的狗狗抱起来，在怀里抚摸着。

谁知道雨刚停，他还没来得及出门，儿子就带着小狗跑出去，竟然阴差阳错地把尸体刨出来……

可能，小狗儿就是在主人身上闻到了死者的气味，才一路狂奔找到她吧……

看来，老天爷即便下着暴雨，眼睛也是睁得大大的！

至于这位死者，“运尸人”是认识的。好像是什么广告公司的，到物流中心来过很多次。

这次她来，又是来要钱的。听说物流中心找她做了广告，却欠着几十万的广告费不肯给。其实也不是不给，物流中心二期正要开发，资金链特别紧张，甚至不得不借高利贷，近期来要账的人都排起长队。

但这女的却不依不饶，听她话里话外的意思，她是陪谁“睡了觉”才换得这个业务，“吃了大亏”，今天必须把钱带回去，否则就要鱼死网破！

事发时临近下午4点，暴雨将至，乌云压顶，烦躁不已的凶手被堵在货仓的入口，听着死者的数落，再也控制不住自己的情绪：

随手操起放在手边，工人用来绑货的尼龙绳儿，狠狠勒在她的脖子上，刚拔过智齿的牙床开始流血，这女的根本没有反抗的力气……

这个凶手，就是物流中心的老板。

眼看着女人断气，他用血红的眼睛盯着现场唯一的目击者——仓库运货员，自己有一辆面包车的小男孩儿的爸爸，警告他闭紧嘴巴，否则就把他的儿子杀掉！又给了他一万块钱现金，安排他运尸、埋尸。

凶手自以为，在自己准备开发的土地上，这杀人的秘密起码可以沉睡几十年……

谜题解开，稿子握在手里，内心五味杂陈，麟可坐在沙发上，发现喉咙已经发不出一丝声音。

3

最近一次和子鱼姐相聚，是她在首都的新书发布会。

国家少儿频道的著名节目主持人，深受全国孩子喜爱的“林可哥哥”，戴着怕被热情的“小粉丝”认出来的大墨镜，手捧一束鲜花和推理女作家的新书，也是她的第一部科幻小说《马丁的机器人超市》，微笑着坐在最后一排的角落。

今天，他受出版社的邀请担任特别嘉宾，给姐姐一个大大的惊喜！

发布会上的孩子和家长很多，大家都在等待最后的作家亲笔签名环节。

离开广电系统的子鱼姐成立个人工作室，专注推理小说创作之余，偶尔也写给孩子看的科幻小说，人生开启新的篇章。

终于，年轻的女主持人激动地喊出“林可哥哥”的名字，在一众小粉丝惊喜的欢呼下，全国最受欢迎的少儿节目主持人，矫健又潇洒地跃上舞台——

台下顿时乱成一锅粥……

发布会结束，长着一张圆脸，因为头发细软而弄不出好发型的女作家坐在麟可对面，还没讲话，熟悉又亲切的感觉已经扑面而来。

很久没见到羊栏山电台的老同事、老熟人，之前还有人到首都出差时偶尔探望，麟可越来越忙，就没有时间逐一接待。

当然，西玄和小冷不算，他们还会定期见面，他们也不是“老同事”，而是一辈子的兄弟。去年三家人还凑在一起，度过一个热热闹闹的新年，庆祝麟可的“小棉袄”，一位叫“傲傲”的大眼睛小妞儿出生。

麟可爸爸、西玄爸爸和小冷爸爸组成“超级爷爷天团”，霸占着厨房，搞出一道又一道家常美食，把一众孩崽子，包括“小九九”都吃胖了好几斤!

子鱼姐其实也不仅仅是麟可的“老熟人”，他们几个一直都被4年前发生在S市的那个叫《七日》的故事，紧紧牵连在一起。

今天，避不开《七日》和与之相关的话题，麟可拿出一张纸条，上面是一个符号，子鱼姐叹息，最终全盘托出：

4年前的那个夏天，我确实打算休为期两周的年假，目的地是土耳其的伊斯坦布尔，为了向经典《东方快车谋杀案》致敬。

飞机是周二晚上的。

出发之前，还有一件事放心不下，就是物流中心的宣传费。这笔款是去年的，我作为台属广告公司的副总，通过朋友关系接洽了这个业务，对方在台里投放了价值十几万的广告，但费用一直没结清。

今年，物流中心不再与我合作，而是从声优传媒下单。这是客户的自由，我并没有异议，只要收回欠款即可。然而此时朋友却告诉我，物流中心的资金链出现重大问题，搞不好就会断掉，让我尽快催款!

我先后去过几次，老板都很客气，一方面鉴于我的作家身份，一方面是朋友的面子。对方承诺只要账上有钱，一定先付给我——但生意人的话，听听而已，我并没当真，还是要腿脚勤多跑动。

周二下午我到物流中心的停车场已经3点半，天阴得厉害，刚走到仓库附近，就看到物流中心的搬运工“大青”和他的老板，慌慌张张地把一个女人抬上面包车。

人，不是“放”在副驾驶座位，而是直接“丢”在改装后的面包车运货舱!

我是推理小说作家，我没杀过人，也确实没有亲眼见到杀人。但这一刻，我的血液倒流，眼前发黑，我知道——我正目睹杀人之后的运尸过程!

虽然极度惊恐，但我还有理智。

我知道如果现在跳出来，断喝一声，于事无补不说，我自己也可能性命不保！只好藏在物流中心坪场上的一堆废钢筋后面，偷着观察这两人，并用手机拍摄视频。

老板并没上车，而是对着大青一通嘱咐，将一把铁镐头丢上车后，又跑回仓库，拿出一摞钱塞给他。大青无可奈何地点头，极不情愿地把车子开动。

这时我基本可以断定：杀人者是老板，大青只是运尸、埋尸人！

事不宜迟，我也溜向自己的车子，拉开车门，一屁股坐进去。大青的面包车开出物流中心大门，老板走回仓库，我赶忙加上油门追过去。这样做纯属本能，我已经没时间再考虑自身的危险问题。

还有一个重要原因，大青我是熟悉的，我们之间有比较深的渊源：

去年对接物流中心的广告，搬运工大青知道我的身份后，私下里拜托我介绍医生和医院。原来，他和妻子是近亲结婚，孩子的智力发育迟缓，他到S市打工，主要目的就是看病。

我欣然同意帮忙，孩子顺利接受治疗，短短一年进步很快，已经可以上学。我又帮他发起捐款，医药费全部解决了，大青一家对我千恩万谢。

孩子爸爸开车朝一个废旧的院子而去，我紧紧跟上，终于在只有两条车道的大门口，把他截住！

大青吓得跳下车就往竹林跑，我在后面拼命喊他的名字，这才停下脚步，转过身看到我就哭了。

三言两句就把事情经过说清楚，我建议马上报警，大青却死也不肯！

原来，他听说物流中心老板有黑社会背景，手里的人命也不是第一条，而且对方刚才恐吓他，如果他敢说出去或报警，就把他儿子“做掉”！大青深信，即便老板被抓住，他的手下也不会放过自己和家人！

这时下雨了，大青要把尸体先暂时放在锯木厂仓库，他有钥匙。

就在他搬尸时，我终于看清楚，这个女孩儿竟然是，小萝！

子鱼姐痴痴地望着会展中心高大的落地窗外，清朗通透的首都秋日长空，沉思片刻才继续讲述：

我肯定认识小萝，我们在同一层楼办公，她是王子昂的人。

王子昂，是我这辈子不想见到，不想提到，甚至不想听到的名字……

这一刻，我突然明白大青刚才的弦外之音，也为我的疑问找到答案：如果只是普通的讨债催款，像我一样，这个女孩儿怎么会把命送掉？！

我也是为了钱而来，经过这么多次接触，我深信物流中心的老板就算欠账、赖账，也不至于把我杀死。

杀人，是要偿命的啊！

可小萝，是王子昂的人，那么——

她极有可能在老板的调教之下，出卖肉体，换取订单。

如果一个女人自认为“吃了大亏”，可对方却还欠着账，她心有不甘，怎么死缠烂打的都有。男方被逼得走投无路，一气之下杀了她，也不是不可能。

一瞬间，我下定决心，我不仅要帮助大青，也要终结这种罪恶！

后面的经过，就和《七日》描述的一样，我不赘述，只是其中一个环节，我们做了手脚：

儿子出门遛狗之前，大青故意暗示，锯木厂里堆着一些新玩具，说不定他会喜欢。而且，如果发现什么“奇怪的”东西，就赶快走到马路上，拉着行人一起过来“看看”。但爸爸的这些话，不要告诉任何人。

智力发育迟缓的孩子非常单纯、听话，按照爸爸的“指示”，他领着小狗直奔尸体而去——所以，并不是小狗撒欢主动跑过去。

大青一家迅速离开S市，是在我的安排下，面包车里的死者头发也是我让大青故意拔下来，放进地板的缝隙，并故意把车转让给朋友。死者的包也是按照我的建议，取出现金，丢进池塘，并把死者裙子口袋中的临时工作证留下，这样做的目的有三个：

一是，帮助警方快速识别死者身份，并暗示沿着其工作这条线去查；

二是，为警方侦破案件留下必要的证据；

三是，退一万步，真有一天，物流中心老板的手下要报复大青，“无心之失”和“故意报警”，还是有点区别的。

我深知这些考虑极不周全，但当时事态紧急，也只能想到这么多。

暴雨来袭，我让大青先回家，再让孩子出来“发现”尸体。我独自坐在车里，把车子停在锯木厂不远处的主路上，心跳特别剧烈，感觉这一切太不真实！我虽然没有心脏病，这时候也巴不得找几颗速效救心丸吃一吃！

正在此时，电台的节目编辑催我把晚高峰的稿子发给她，频道今晚的新节目要用。灵光一闪，我打开随身携带的笔记本电脑，把之前已经准备好的《木星·绝命快递》删除，开始在笔记本电脑上奋笔疾书。

此时，已经是16：15，汗水糊住我的刘海儿，手指不停颤抖。我十分纠结，真想马上开车离开，但脑袋里却有个声音，不停催促：必须把这个故事写完，在今晚的节目中播出！

在语音输入法的帮助下，凭借着多年来推理小说写作的丰富经验，35分钟之后，我完成了《七日》第一篇，花了2分钟快速浏览一下，就按下企业邮箱的发送键。

没有考虑后果，真的，只是一种强烈的冲动。

物流中心老板是罪魁祸首，但王子昂和那位姓崔的，才是始作俑者！

绝对不能让他们再害人……

4

出国之后，我也故意不接警方的电话，只有这样，才能营造出这个案件的神秘感，逼迫警方深入调查，《七日》也会一直播下去，因为“真相”掌握在我手中。

我深知，《七日》播出，一定会引起相关人等的“恐慌”，我就是要让这些人慌不择路，露出狐狸尾巴！因为我同时写了一封关于崔台等几人的实名举报信，发给上级纪检机构！

为了防止凶手跑路，我拜托出入境事务管理局的领导，也是我的书友帮忙，只要物流中心老板准备出境，就立刻截留他，再报警。只要他没出境，在这个遍布摄像头的现代化国家，料想他逃不出法网。

我在赌，也在博弈。

此刻我有“人证”，大青是整个事件的目击证人，而我目击到运尸过程，还拍下视频。不过只有“人证”和交接尸体的视频，是远不足以指认凶手的。

在我回国之前，警方根据《七日》最终篇的线索，立刻完善证据链：在物流中心找到勒死小萝的那种尼龙绳儿，虽然不是用作凶器的那一段，但花纹完全一致。“凶器”，应该当时就被处理掉了。

此外，在凶手的车里和卧室，发现小萝新嫁接的假睫毛，指纹和体液都有残留。

同时查明：从遇害的前一天，也就是周一中午开始，小萝就和物流中心老板在一起，其间两人多次发生关系。第二天上午小萝去口腔医院拔牙，下午随老板到仓库，看到众多债主上门，才知道他根本没钱付广告费，甚至还借了高利贷，两人随即发生激烈口角……

可是，由于凶手和死者之前有过亲密的身体接触，即便法证发现死者的指甲和身上有凶手的皮屑和毛发，也不能认定是凶手行凶时造成的，必须有其他证据。

这时，多亏我和大青在事发当日发现的另一个“绝对物证”，最终让凶手的杀人事实确凿无疑，整个证据链形成闭环——

那就是一万元整的纸币。

物流中心老板杀人是临时兴起，没有周全的计划，被大青撞个正着。

凶手此刻急于堵住目击证人的嘴巴，杀害小萝之后，立刻打开保险柜，拿出一摞捆好的现金交给下属。

大青并不想要，他更不想去埋尸，但碍于老板的淫威，特别是听说他在黑道上的“势力”，不得不勉强收下。

见到我出现，大青如遇救星，便把钱赶快掏出来，急着问我怎么办?!

“这就是证据呀！”我心里暗想，“虽然不够完美，但还是可以作为指认凶手的一个武器……”

正这工夫，我突然发现，在这摞纸币的最后一张的背面，有一个比较模糊的血手印！

再看女尸，嘴角和鼻孔流血，身上也沾着不少。

扒开小萝的嘴巴，我发现流血点，是一颗刚拔下来的智齿。

大青的手指上没有任何血迹，那么，这个血手印就是——

我惊喜万分，虽然模糊，虽然只是一根手指头，但作为推理作家的我已经可以确认，按照现代法医的技术，完全可以成为指认凶手的最有力的“物证”！

这摞钱大青交给我，在上飞机之前，我已经妥善托人，在适当的时间和我拍的手机视频一起，交给负责此案侦破的警官……

而物流中心老板和小萝这两人的肉体关系，就是在王子昂的直接授意下，从今年声优和物流中心确定广告投放开始，并承诺收款成功后给女方一大笔奖励。

这些都是凶手的作案动机。

时隔数年，子鱼姐依然很激动，眼泪也流出来，麟可赶紧递给她一张纸巾。推理作家擦擦眼角，苦笑道：

这辈子再小心，我们也总会遇到深深伤害自己的人。

我之所以会把自己卷入《七日》，就是因为多年前的一场以惨烈的方式收场的轰轰烈烈的恋爱！

创建全新的频道，我和王子昂同时来到电台，那一批中很多精英，如今已经成为电台的中坚力量。

他英俊幽默，我细腻多才，在工作中逐渐建立恋爱关系。可随着交往深入，我却发现他比较偏执，而且还是意识观念方面的。

这相当可怕啊！

我劝过他，如果你确实不喜欢这个国家，你可以移民，我也可以跟你一起离开，但我们生于此，长于此，必须深爱这个国家，就算离开，也不能抹黑她。

他对着我说："我爱这个国家，但我不爱这个国家的人！"

我当时还是可以理解他，王子昂的父母都是智障，家庭情况极度贫困，在成长过程中，他经历过磨难，受到一些不善意的对待。他的头上有拳头大的一个坑，是被有钱人家的孩子用砖头砸的。

但过去的，都过去了。让我没想到的是，他可不仅是想想而已，他竟然在电台的直播节目中，说出自己偏激的政治观点……

这场著名的风波，以他的离职结束。

他之所以还能在这个圈里混着，是因为后来的总台副台长，崔台，当时是我们的总监。

而这一切，都是他以“牺牲”我为代价——

崔台虽然已经结婚，但听说为了“侄子”的事情，夫妻关系很糟糕。他一直对我表现出好感，可我和他的下属王子昂就快谈婚论嫁。

出事之后，王子昂也吓得不轻，原来他也纯属一时冲动。为了保住饭碗，同意把我“让”给崔总监，两人私下达成交易，还联手把我灌醉……

我与王子昂愤而分手，不久就各自成家。可他还是经常纠缠我，不是请吃饭，就是送东西。

当时的崔总监，并没有能力“吃掉”这么大的“一坨屎”，王子昂被留有情面地劝退。于是成立广告公司，随后他变本加厉，把正常的商业活动变成女色、权钱的交易，专门“钻研”其中的套路，教唆一群女孩子成为他的忠实拥趸，而他也在金钱上给予她们回报。

而崔台，平步青云，暗自入股，一直是王子昂的事业合作伙伴和保护伞！

他们，都应该为自己的所作所为付出代价！

最后还有两个细节一并向你说明：

第一，就是我和女总监，确实也有恩怨。当年你和小泠重蹈王子昂覆辙，出现直播事故，她扮演了极其不光彩的角色！

我当时身为频道副总，分管综合管理部，是小泠的领导，认为她的处理非常不公正，她却借机和我闹僵。

再加上她也搭上崔台做靠山，和王子昂沆瀣一气，分钱分赃有恃无恐，一直觉得我碍眼，便把我挤对着去了产业公司。前些年我在台里被边缘，被漠视，都是她在背后做的手脚！

岷江老师，也一直深受其害！当年她和岷总争夺总监职位，她主动色诱被拒绝，便装病扮弱施苦肉计，又放风出来，说对方一直暗恋他！岷江实在不想沾这些荤腥，干脆退出争夺，甚至主动推荐了她。

还有你，麟可，我听说，电视那边早有力捧你的打算，女总监却在背地里使坏，死活不放你走……

最重要的是，逼迫你们这些主持人给声优传媒的客户多回报的人，就是她！

因为你性格正直，比较难“搞定”，女总监怕不能完全驾驭你，便按照你的审美和喜好，同时出动小瑾，给你的“米粉”加了“双码”。

我想，你这么冰雪聪明，应该很早之前就看清楚她的真面目了吧！

第二，就是王子昂的刺青，的确也和我有关。那是王子昂出事之后，约我出来，哀求我答应崔台的无耻“要求”，保住他的工作和前途的那晚，我们在一家咖啡厅的杯子上看到的图案。

我猜，那应该代表的是广阔的星空。人的心灵，本来应该像星空那么闪耀，博大，而现实世界，却充满了黑暗的角落。

我被王子昂灌醉之后，虽然最终扇了崔台一大耳光，并成功逃走，但还是在心里留下巨大的阴影。

后来，我找人，按照这个图案，做成一条项链挂在脖子上。我的本意是时刻提醒自己：记住这个耻辱，忘记这个带给我耻辱的人！

我曾经深爱的人。

没想到，王子昂见我戴上这条项链，以为我内心煎熬纠结，对他依然旧情难忘，就自以为是，厚颜无耻地拿来使用，最后还把它变成女色交易的标志，甚至他的“图腾”，他的所谓“信仰”！我简直无语至极，就把这条项链狠狠地丢掉！

不过，小瑾、小萝，恐怕都是这些交易的牺牲品吧……

走出发布会所在的会议厅，“林可哥哥”还是被一群孩子团团围住，他们一直在等他。父母们则高举手机，记录下孩子与偶像在一起的欢乐瞬间。

抬头看天空，一片碧蓝。

麟可最后看着手里画着那个刺青图案的纸条，想起它的真正作者，大学期间与自己有缘无分的那位高个儿女生。她会画画，这是她为深爱的男友精心创作的一幅油画，果然是星空。

麟可，当时还不叫这个播音名，喜欢带着她跑上云麓山，一起看月亮看星空，嘴里下意识地哼唱着："月色呀，和你一样迷人呀……"

失恋之后，她开过一家咖啡厅。

微笑，又有眼泪想流下来。麟可用力地咽回去，把纸条整齐地折叠好，毫不犹豫地放进垃圾桶里，开心地跑回孩子中间……